Passersby in time

我 们 都 是
时光里的路人

郭明波 ——— 著

四川文艺出版社

图书在版编目（CIP）数据

我们都是时光里的路人 /郭明波著. —成都：四川文艺
出版社，2020.1
ISBN 978-7-5411-5548-2

Ⅰ. ①我… Ⅱ. ①郭… Ⅲ. ①随笔－作品集－中国－当
代 Ⅳ. ①I267.1

中国版本图书馆CIP数据核字（2019）第253772号

WOMEN DOUSHI SHIGUANGLIDE LUREN

我们都是时光里的路人

郭明波 著

出 品 人	张庆宁
责任编辑	金炀淏 彭 炜
封面设计	赵海月
内文设计	史小燕
责任校对	段 敏
责任印制	喻 辉

出版发行 四川文艺出版社（成都市槐树街2号）
网　　址 www.scwys.com
电　　话 028-86259287（发行部）　028-86259303（编辑部）
传　　真 028-86259306

邮购地址 成都市槐树街2号四川文艺出版社邮购部　610031
印　　刷 四川机投印务有限公司
成品尺寸 145mm×210mm　　　 开　本 32开
印　　张 8.25　　　　　　　　 字　数 170千
版　　次 2020年1月第一版　　 印　次 2020年1月第一次印刷
书　　号 ISBN 978-7-5411-5548-2
定　　价 39.80元

致我的第101位读者

我遇到过最多的问题是：你是如何在繁忙的工作之余还能坚持写作的？

在提问的人眼里，我穿着笔挺的衬衫和西裤，在刚刚结束的谈判中，说话滴水不漏，有攻有守，进退自如。他很难将面前的这个人和一篇篇文章背后的那位作者联系起来。

其实我内心也总是兵荒马乱的，除了工作上的事情需要尽心竭力去办，生活中的琐事也经常让人感到身不由己。大概正因为如此，我才能坚持写作吧！每一个周末，在完成了繁忙的工作之后，选择一个时间，让自己安静两个小时，停留在一个没有杂念的时空里。

即便是这样的机会也不多，通常只有两个小时，所以我的文章很少有写得比较长的，大多数都在2000字左右。因为很少有机会坐在书桌前正儿八经地写，过去两年的文章都是写在手机的备忘录里的。我留意过我的速度，在手机上写的话，一个小时大概只能写1000字。我总是在陪女儿去上补习班的时候才有空余的时间，孩子的课程很少有两个小时以上的，地点呢又只能在教室后排或者门外面，中间还会经常被打断，所以每次只能匆匆写出2000字左右，包括很多错别字，我只求能把自己的思绪及时记下来。

罗振宇在《罗辑思维》的一期节目里谈到"心流"，我觉得，当我坐在教室后排或者门外面用手机写作的时候，我就处在所谓的"心流"之中：外面的世界万籁俱寂，我只和文字组合做游戏。

因此我很不喜欢在写作的时候被突然打断，教室里突然的哄堂大笑啦，教室外面其他家长的寒暄啦，常常会把我从另一个时空里拉回来，就仿佛是一个耳聋的人，"咔嚓"一声，突然听得见了，外面的世界顿时变得很吵。别人在一旁的走动、说话，原本视而不见，但突然之间就十分鲜明地直扑我的面门——如果要打一个比方的话，感觉就像有一把锐利的刀，突然刺破了那层隔离这个世界和我的心流时空的膜，有无比真实的刺痛感。

写作是我与自己的对话。仿佛是在一个东西摆放得极其凌乱的房间里，关上门，选择一个短暂的时间和自己独处，也许收纳一下，或者又只是安静地坐一会儿。我真的很享受这个过程。

我的写作完全不同于那类有意识和有计划的创作。路遥在随笔《早晨从中午开始》中说，为了写作《平凡的世界》，他花了很多的时间收集资料，包括阅读报纸，以及去煤矿体验生活，直到情绪累积到了一个"正确"的点了，才动笔写下来。而另一位我喜欢的作家史铁生，写作则是因为腿疾，突然连路也走不了，他必须找到一个方式才能够继续生活下去。在《我与地坛》这篇文章中，他记录了自己的心路历程，那是无奈而艰难的决定，他每天带上稿纸和笔，躲开所有人，藏到地坛里偏僻的树丛后面，来一次次证明自己。他说，我活着不是为了写作，写作是为了活着。

我完全不同。我的每一篇文章都是写给自己的，没有任何人给我哪怕是一句催促，我也不需要靠这些文字来养活自己。也许它们已经成了我生命中很重要的点缀，但我要说，写作从来就不是我不得不干的事情。与其说写作是为了给别人阅读，还不如说更多的是为了浇我自己胸中的块垒。

人到中年，情怀这种东西，已经不是多与少的问题，或者真与假的问题，而是有没有的问题。在都市丛林，在茫茫人海，情怀已经成了稀有的新鲜空气，让人从海底偶尔探出头来畅快地呼吸。因此我不能允许自己的每一天都处在利弊得失的算计中，虽然工作上要求我不得不小心翼翼地防备着明枪暗箭，但是我要努力地做到能够看穿这些事情的本质——不然和一条咸鱼又有什么区别呢？

我固然是王小波的忠实拥趸，但我承认我做不到像他那样生活，他完全忠于自己的内心。我的情怀，尤其在这中年渐近的时候，都被稀释在忙乱的生活里，以至于只能通过写作和阅读来一点一点地从生活的杂物堆里捡拾起来，因此一篇一篇文章就成了我的情怀被寄存和安放的所在。

所以我旗帜鲜明地赞叹费德勒的胜利，并期待村上春树获得诺贝尔奖。这是很现实的需要：费德勒用两个小时的比赛就可以让我看到他的优雅——快；村上春树用最朴实的文字描写最容易被忽略的人和他们的小确幸——简单。费德勒的比赛的确是我最喜欢的比赛，而村上春树的文字并不是我认为最好的文字，但他们都在向我昭示着情怀可以到达的深度和高度，也是他们在与这个商业化的世界博弈之后能够到达的深度和高度。

我并不妄谈情怀，但又希望保有一点情怀。只要在中年来临的时候不被这个商业化的世界完全吞噬掉，我就是胜利者。就像费德勒可以旗帜鲜明地为20次大满贯而战、村上春树可以专门写一本《我的职业是小说家》来声明自己不在乎获奖一样，或进或退，要旗帜鲜明地用情怀和这个现实的世界博弈。

每次文章写出来之后，我都有一种如释重负的舒畅感。冯唐说那是"肿胀感"消除之后的感觉，这是我唯一赞同他的地方。的确是肿胀感，写完之后得到了极大的缓解，然后不久之后肿胀再次来临，又再次被缓解。

和自己对话，就是对生活和所生存的世界"吐槽"。在飞机上，我看到邻座花了三个多小时一直在看综艺节目《吐槽大会》，即便空姐两次提醒关机也没有停下来的意思。看起来他并不仅仅是为了打发时间，他看三个多小时的节目，看别人吐槽，是为了缓解自己的肿胀感；而我坐在一旁看了三个多小时的《太阳照常升起》，也是出于同样的目的。

我的文章每次在博客上贴出来之后，都有大约100位的朋友会来阅读。我很细心地观察这个数字的变化。相比于大V们动辄10万以上的阅读量，这算不得什么，但对于我而言，哪怕只有100的阅读量都是一种极大的鼓励——我与这个世界、与自己的生活博弈，100声喝彩也能让我不那么轻易妥协。

所以你，我的第101位读者，你会打破这个僵局，让我赢得对生活和这个世界博弈的胜利！

我们都要加油！

2018.2.4于三亚

在人生的路途中，

大家都是时光里的路人，

他们所来自的地方，

正好就是我们的去处

目录

第四章　思考，天生我材必有用

第一章

故乡，高堂明镜悲白发

蓝色的胖子

　　早上出门前到镜子前面整理衬衫，新的衬衣笔挺笔挺的，坐在一旁吃早餐的女儿美美笑嘻嘻地说："蓝色的胖子。"我没有反应过来，美美指了指我的衬衣，说："蓝色的。"

　　新衬衣的确是浅蓝色的。其实不仅仅是这件衬衫，这几年添置衣服，无意中买的几乎都是蓝色。蓝色的羽绒服，蓝色的毛衣，蓝色的运动裤，蓝色的袜子，就连网球运动鞋也是蓝色的，穿坏了一双，去年换了一双新的，还是蓝色的。

　　想不起来什么时候开始这么偏爱蓝色了。记得小的时候，一直觉得衬衣就应该是白色的，如果变点花样，最多是白色里面加点暗条纹，秋衣秋裤也是非白色的不穿，洗后的白色衣物，晒干了，透着干净。后来喜欢的颜色是红色，谈女朋友的时候，所有的外套夹克尽量朝红色靠，去买衣服，对着镜子试穿，总觉得红色的穿起来最精神。工作以后，遇到团队活动，选择的防水服冲锋衣也都是红色的。尤其是有一年在峨眉山搞活动，冬天，峨眉山上白雪皑皑，我们一群人穿得红彤彤的，从高高的滑雪场上滑下来，那场面又鲜艳又喜庆。

我对穿衣服这种事情一向不是特别在行，那什么时候开始这么偏爱蓝色了呢？我想大概是在变成一个胖子之后吧。

是的，对于一个胖子而言，蓝色大概是最好的选择了吧。白色？那是都教授那样的男神独有的权利，换成一个胖子也穿同款白衬衣，纽扣都要暴开了，透着一股邋遢劲。红色？还嫌胖得不够吗？红色的衣服一上身，不仅仅是胖，而且胖得那么张扬，唯恐全世界不知道似的。唯有蓝色，蓝色透着低调，从视觉的角度上讲，让看的人容易冷静下来，即使是胖子也显得不那么扎眼了。所以，从这个意义上说，物竞天择，人总是在潜意识里不知不觉替自己做出了最适合的选择。

蓝色是忧郁的。经常听到人说这句话，我自己倒没有特别觉得。但是扪心自问，大多数的时候，作为一个胖子，很多场合我们经常选择朝后躲这倒是真的。到了必须站到台前的时候，嘴巴里在讲话，脑海里大概还在担心扣子有没有绷掉，衬衣有没有在游泳圈的位置露出来。特别自信的胖子也有，我见过不少，人前总是兴高采烈手舞足蹈的，但他们要么是过于自负，要么就是对邋遢这件事不以为耻反以为荣。

让我们这样的胖子能够扬眉吐气的机会并不多，顶多是在坐飞机的时候，在众目睽睽之下帮老弱病残的邻座把大包放到行李架上去，如果恰巧对方是一位妙龄少女，那么助人为乐的优越感能保持好几个小时，直到下飞机后人家头也不回地走掉，胖子的心才会冷却下来。

胖子么，大多数时候是要忍受得住别人的打量的。回到办公室，才一个星期不见的同事也会煞有介事地跑过来上下打量你一番，说一声"好像瘦点了"或者"怎么又胖了"。说"好像瘦点了"的，人家那是鼓励是怜悯是恩赐，说"怎么又胖了"的，人家则是说出了事实的真相而已，你还得赔个笑脸让他（大多数是她）快点放过你，不然还有更恶毒的评语在后面。也有碰上一两个真关心你的，在餐桌上，偷偷看你好几眼，一副欲说还休的样子，这时候你不得不想办法让他说两句，可说出的无非是："你已经那么胖了，不能吃这么多肉，要多吃蔬菜，要减肥。"

我难道不想减肥吗？关键是怎么减啊？有些人善于总结，很神秘地告诉你，减肥无非就是六个字："管住嘴，迈开腿。"这个秘诀简单倒是很简单，但是让一个货真价实的胖子听起来却很残酷——你知道一个五短身材体形臃肿的人最怕什么吗？就是吃不好，还要跑。不让吃肉就算了，忍一忍多吃点蔬菜米饭还能充饥，大不了少食多餐，让我多运动，我也想啊，可是胖子的双腿承受的压力你们瘦子感受得到吗？所以言而总之以及总而言之，据我观察，告诉我这条六字真言的人大多数是瘦子，他们是站着说话不腰疼的典型，他们是理论家。

但是跑步这件事情毕竟已经成了一个时尚，对于胖子们的压力与日俱增。瘦子们每天不仅要跑步，还会跑到微信朋友圈"打卡"，就连让你眼不见心不烦的机会都不给。出差到浙江，司机随时带着跑鞋和运动衣，把我们放到酒店大吃大喝，自己却跑步去了。第二天早上，我问司机，你这样跑不累吗？司机笑嘻嘻地答非所问，说："自从我去年开始跑步之后，感觉精神好多了！"拜托，你以为我不知道吗？你去年就已经精瘦精瘦的好不好！这真是一个让瘦子精神胖子萎靡的时代啊！

就连我最喜欢的作家之一村上春树都开始嫌弃我们这样的读者了。2006年他出了一本书——《当我谈跑步时我谈些什么》，这本书成了瘦子朋友们敢于在我面前谈论村上春树的最好借口，他们终于可以从非文学的角度"侮辱"我一番了。村上春树说，他的大多数写作方法都是从跑步中学到的，他还说，健康的身体虽然不能保证但是有助于在写作中展现出健全的人格和价值观。我想，他那么能跑步那么能写小说当然会这么说，反正我们跑不过他也写不过他。

不过我见过很多博学的人都是胖子，大概是大肚能容的缘故。但最有可能的原因是胖子一般看起来比较忠厚可靠，因此讲出来的东西更容易让人相信。瘦子大多嘴快，快就容易出错，胖子看起来反应慢，但也只是看起来而已，并不是真的慢。在智商这件事情上，胖子总算是有了和瘦子公平竞争的机会。我曾经的一位同事，被称为活字典，天文地理无所不知。后来我问他是不是记忆力超常，他说不是的，只是因为胖不愿意活动，别人闹腾的时候他习惯就近抓本书或者杂志来看，好像很爱学习的样子，久而久之就记住了不少东西。我觉得他说的是真相，有一次我和他难得一起出差，他连高铁杂志都能研究两个小时。

安静，我终于发现了胖子的一个长处，这不禁让我沾沾自喜。本人作为一个胖子，我喜欢阅读，深夜读书往往不知东方之既白。除了村上春树，大部分的小说作者都不会欺负我是个胖子，所以只要别在意村上先生就可以了，大部分的时候我们的阅读时间是充满愉悦的。在尝试写作的时候，我也能够忘记自己作为一个胖子的存在，而任由想象像野蜂一样飞舞，在梦想的世界里，我们胖子也是可以做到轻舞飞扬的。

蓝色是安静的，做一个安静的胖子也没有什么不好。我这样自我安慰。

美美吃完了早餐，自顾自地去玩耍了。我妈递过来一个哆啦A梦，问我："美美说你是蓝色的胖子，她是在说这个吗？"哦，蓝胖子啊，看来我想得太多了。

我是蓝胖子。

年味儿

父亲的听力似乎变差了许多，我按第二遍门铃的时候，他才慌里慌张跑过来开门，忙不迭从我手里接过从超市买回来的东西。六岁的女儿和他说话已经是大声嚷嚷了，因为觉得爷爷好像总是听不清楚，她便用了极尖厉的嗓音和他说话，听起来像吵架一样。每次听见，我都跑出来喝止女儿，可是孩子下次还会这样。

这样寒冷的冬天，父亲在家里还是待不住，宁愿揣着手跑到外面去。也没什么事情，更没有什么朋友，碰到熟识的邻居，也只是不咸不淡地打声招呼。他们共同的话题很少，有好几次我从外面回来，碰上父亲和一位邻居大爷兴冲冲地一起走，问他们去哪里，他们也不过是一起去趟超市，买几只鸡蛋而已。

看着年关将近，在晚饭的时候我问起父母过年的安排，商量是不是该准备起来了。父亲浑浊的双眼顿时来了精神，停下筷子，一本正经地和我商量办年货的事情。从这一刻起，他突然恢复了以前当家做主时候的样子，耳聪目明，挥舞着的双手也似乎变得很有力气。办年货的日子是我定下的，考虑到孩子们上课的时间和我们上班的时间，找到一个两全其美的时间并不容易。父亲看着我翻手机日历，嘴巴微张着，期期艾艾地等着我说话。日子定下，父亲突然就像极了一位领命出征的将军，满脸兴奋和憧憬，迫不及待要和母亲商量细节。

办年货的当天，我们早上准备出门上班的时候，就看到父亲和母亲提着东西一起从外面回来，显然他们很早就出去了。他们买回来大条的鲢鱼，还有肥瘦相间的上好的猪肉。办年货用鲢鱼是老家带来的习惯，哪怕别的鱼再肥美，父亲和母亲总是要跑到很远的菜市场去找鲢鱼，在他们看来，鲢鱼才是最合口味的种类。

父亲像变了一个人似的，挽起袖子，神气活现地指挥母亲准备器皿、准备材料，自己则操起菜刀给鱼开膛破肚。平时如果让他做件事情，他总是推三阻四的，这会儿突然变得麻利起来了。有一次，我看李安的老电影《饮食男女》，父亲此时的样子大概就像影片开头老郎雄那副自信的模样。在这样的日子，父亲突然变成了家里的主宰，平时没事都吼他两嗓子的母亲突然变得轻手轻脚，在父亲旁边打下手，一副大气也不敢出的样子。父亲开始把鱼肉切成条，然后横过来切成丁，最后双手各操起一把菜刀，左右开弓，将鱼肉剁成肉泥。听着父亲手里的菜刀在砧板上发出均匀密集的节奏声，我顿时觉得，年的脚步真的是近了。

父亲和母亲要办的年货，在老家被称为"肉糕"，是鱼肉和肥瘦相间的猪肉剁成泥后，拌上红薯粉，调制成糊糊状，然后上屉用蒸笼蒸。蒸好的肉糕，表面晶晶亮地透着油意，但因为鱼肉和红薯粉的缘故，肥而不腻，十分鲜美。父亲和母亲刚来上海第一次做肉糕，结果令人十分失望。肉糕的好坏，不仅要看鱼肉的材质，还要看刀功，但最关键的是用作配料的红薯粉。第一次用的是我们到超市采购的红薯粉，做出来的肉糕没有一丝劲道，父亲和母亲轮番拿着筷子夹来品尝，愁眉不展。从第二年起，他们吸取教训，赶在回老家的时候，从老家带红薯粉来，到了年底，蒸出来的肉糕又和老家的时候一样了，一家人顿时眉开眼笑。

这几乎是一年里最重要的一道菜，从我记事的时候起，都是由作为一家之主的父亲亲自来操刀。今年也不例外。我下班回到家的时候，父亲已经蒸好了几屉肉糕，眉开眼笑地跟我说今年的肉糕很不错。他跑到厨房，看着灶台上正在蒸着的笼屉，恨不得马上打开让我品尝。母亲盯着墙上的钟，看着时间，直到火候满意了才让父亲揭开蒸笼。父亲小心翼翼地切下一块，盛在盘子里，和筷子一起递给我。我皮鞋都没来得及换，接过肉糕，迫不及待地夹下一块送进嘴里。父亲和母亲张着嘴站在一旁，满是期待地看着我，我故意不吭声，连吃好几块才慢条斯理地评论道：

"嗯，不错，今年咸淡也好，劲道也好，比去年还要好些。"父亲和母亲顿时像小学生拿到优秀成绩单一样眉开眼笑。

在他们眼里，这肉糕代表着一整年辛勤劳作的成果，也预示着来年的景况，因此是一件十分郑重的事情。他们品尝过了，似乎还不是那么自信，非得等到我这个当家做主的儿子回来评点说好，才算是真正地放下心来。每次得到好评之后，父亲总是要在母亲面前得意扬扬一番，一本正经地告诉母亲，今年他在刀功和火候上又做了什么改进，因此才有这样好的口感。母亲也是满脸的喜气洋洋，把一年里夸奖父亲的话都用到这个节骨眼儿上，父亲又因此越发得意起来。

我坐在书房里，听着父亲和母亲在外面细声细语地商量事情的声音，一年中难得他们相互之间如此平和，配合无间地办着年货。孩子们放学回来，看到桌上的肉糕，嚷嚷着要吃，母亲赶忙切给她们吃，堵住两张小嘴。肉糕蒸好了，父亲开始油炸鱼骨头，早上买回来的红薯也早就被蒸熟，母亲把红薯泥搓成一个个小丸子，也下锅炸成外焦里嫩的红薯丸。炸鱼是我爱吃的，鱼骨上嵌着鱼肉，裹上面粉，炸好后又香又脆。这个东西在我们小时候只有在过年或者人家办宴席的时候才能吃到。红薯丸甜甜的，是孩子们的最爱，她们迫不及待地夹起最大个儿的丸子扔进嘴里，一边喊烫，一边吃个不停。她们的样子，一边吃一边抢，和三十年前的我和姐姐几乎没什么两样。

过年期间的父亲和母亲都像换了一个人似的，尤其是父亲，又是主持办年货，又是主持祭祀，俨然重新变成了家长。每年春节，小年、大年和元宵节，都要例行祭祀。父亲和母亲到了当天，又跟办年货那天一样，从早上起来开始就很小心翼翼。我们早早就叮嘱孩子，到了那天，要乖一点，要专挑吉利话讲。父亲和母亲郑重其事地准备着作为供品的食物和我们的年夜饭。

做年夜饭的主角变成了母亲。她的规矩是，祭祀结束之前，任何人都不许品尝食物，哪怕一筷子也不行。她在做年夜饭的整个过程中不能像平时那样尝试咸淡，孩子们闻到香味过来偷嘴儿也是被严格禁止的。看父亲和母亲在厨房和餐厅来回穿梭忙碌，我在一旁无事可做，母亲视这顿饭是一年中的大考，面色凝重，我在旁边比她还紧张，几乎是大气都不敢出。祭祀前，母亲都会小心翼翼打开电饭煲，根据米饭的质量来判断来年是旱是涝，在祭祀的过程中，她还会不停地提醒菩萨和祖宗们来年要保佑我们风调雨顺。祭祀的流程十分复杂，我们大气也不敢出，立在旁边看父亲和母亲忙碌，到了磕头的时候，二话不说按照指令纳头便拜就是。有时候听到母亲说，今年菩萨和祖宗们挺满意的，我好奇地问何以见得，母亲嗔怪着说："你没看烧纸钱的时候，火苗很安静的吗？烟灰也不四处乱窜。"我赶忙点头称是，顿时感到祖宗们真的围坐在祭桌前安静地吃我们给他们准备的供品，我再也不敢胡言乱语。

肉糕的味道，祭祀时纸钱燃烧的味道，只有闻到这些味道，我才感觉是在过年。去年春节我们是在澳大利亚度过的,大年夜当天打电话给待在上海的父母,电话里传来此起彼落的鞭炮声,年味儿顿时穿过长长的电话线钻到我的心里。父亲在电话上哀怨地说:"听说明年上海就要全面禁鞭炮了,明年过年那该多冷清!"

我没法安慰父亲。年味儿这种东西,对于父亲和母亲而言,早就和肉糕的鲜美、祭祀时纸钱燃烧时的煳味以及鞭炮燃放时的硝烟味画上了等号,只要有任何一样没有了,他们都会在心底里怅然若失。我们平日里晚上做梦的时候,经常会梦到被人追逐,科学解释说,那是万年之前人类被虎狼追逐时留下的痕迹,已经刻到了我们的基因里,在入梦之后就会重现。我有时候在想,如果有一天在我手里失传了父亲和母亲做肉糕的手艺,我也因为忙碌而忽略了祭祀我们的祖先,那个时候鞭炮早已是被禁绝的东西,我该怎么怀念曾经拥有的过年的味道呢?到那个时候,以及那个时候的以后,我们在梦中,又有什么样的东西可供回味呢?

续谱记

　　大概十几年前的一个暑假，某天中午，从村子外走来了一个人。年纪看起来应该有六十了，仍然十分硬朗，穿着干净的中山装，左边上口袋里插着一支笔。我当时正百无聊赖，见到他向我招手于是立马来了精神，跑过去问他找谁。

　　来人自称姓郭，是我们本家，他并没有既定的去处，只是问我们族中谁是日常主事的人。我们这个自然村郭姓是大姓，虽然现在没有族长一说，但平日里有了事情，总是会比较尊重几位长者的意见。见他问起，我心领神会，直接带他去见三爷爷。

　　本村郭姓一共分为四房，长房的人丁最旺，大伯父理所当然担任了村长。但是长房在世的长者却不多，所以反而是四房的这位三爷爷在同辈中更加贤明通达，得到了更多人的信服。平日里一些家长里短的事情如果产生了矛盾，大家往往不去找当村长的大伯父，反而会找三爷爷商量，就算双方对处理结果未必完全满意，但是总会看在三爷爷的面子上偃旗息鼓。

　　傍晚的时候，我们正在吃饭，三爷爷带着那位陌生人到我家来了。我们赶紧停筷招待客人，安顿他们坐定，然后泡茶攀谈。三爷爷介绍说来人叫郭方学，和族中我的一位堂伯同名。此次郭方学从本市的另外一个郭姓自然村来，是为了"续谱"来的。所谓"续谱"，其实就是延续族谱的意思。同姓族人，往往按照本族先人制定的一些词句排辈，每一个字代表一个辈分。比如我们目前就是按照"万方明显道"来排辈，我父亲排"方"字辈，而我是"明"字辈，以此类推。因此族人之间即便平日里很生疏，但是一旦报出名字，立马知道是该喊"叔"还是该喊"哥"。郭方学自然是"方"字辈，论起来我父亲要喊他兄长，而我则要叫他伯父。他之所以跟着三爷爷来我家，主要因为我父亲也算是一位知识分子，续谱的事情涉及很多文字工作，需要我父亲这样的族中的笔杆子帮忙。

　　按我父亲的意思，本村人口并不多，如果只是统计名字，他一个人就可以代劳。郭方学和三爷爷下午详细聊过，觉得不妥，文字的工作固然简单，但是续谱是族中大事，必须全族的人都要知会到才行。我父亲没有意见，立马跑去请当村长的大伯父通知大家，晚上集中起来开会。

　　我家的堂屋（客厅）就是开会的地方，每家来一个代表，我家的椅子都不够用，很多人自己带了凳子来。等到三爷爷说明了郭方学的来意，大家就七嘴八舌开始讨论起来，因为族中续谱并不是常常能遇见的事情，大家都很兴奋。三爷爷示意大家安静下来，想听听大家的看法。一位堂伯说，续谱是好事情，姓郭的族谱续好了，香火延续也清清楚楚了；一位婶婶担心地说，现在出门在外的年轻人比较多，很多情况都搞不清楚，续谱绝不能搞出错误来；还有一位叔叔，是位鳏夫，反对说何必浪费钱续这没有实际用处的东西。但大家的意思，还是想要续谱的居多。一位堂叔激动地说：人生一世，草木一秋，名字续到族谱上去，后人将来也能找到一个纪念和依据。

三爷爷等大家谈完，拍板说族谱还是要续上的。于是大家共推三爷爷、我的父亲和郭方学来协调这件事情。会开完了，各家男的又留下说了一会儿闲话，抽了一会儿烟，到了夜深也就散了。

据郭方学的介绍，本市的郭姓，都是源自汾阳王郭子仪的后代，是郭子仪八个儿子中的一族，因为战乱迁到了这里，后来又分为几族各寻去处分别安家。因此这次续谱，不仅本市的几族郭姓的相互关系要理清楚，而且还要和山西宗室那边做好衔接，将来续好的族谱除了各族保留一份，还要送到山西进行统一的保存。按照郭方学的比方，一个宗室就像是一棵参天大树，每一个分支都要尽可能搞清楚，才能勾勒出整个宗族的枝繁叶茂。

接下去好几天的时间，郭方学都由我父亲带领，亲自登门到各家各户去进行人口登记。白天大家要下地劳作，只有傍晚和晚上可以进行统计。白天的时候我看见郭方学背着手在村子周围走来走去打发时间，到了傍晚就会跟着我父亲走门串户。早饭和午饭他在三爷爷家和我家轮流吃，晚饭则赶上哪家就在哪家吃，大家因为是同族的事情，轮到自己家的那一天就会特意做顿好的招待郭方学。

郭方学统计的方式很简单，他往往会向上问三代，以便和现存的族谱对照确认。对于小孩，即便是几岁的黄牙小儿，他也会建议向下多写一代，按照辈分取几个"望名"（望名即提前起的名字）作为替代。这个工作需要一点细致的功夫，族中很多人并不识字，报出来的名字都要反复推敲才能把正确的字确定下来。幸好大多数人都很配合，有人在外面打工未归的，家人会寄信去核实情况，由我父亲将来做补充。郭方学和我父亲认认真真把信息记下来，确认好之后，整整齐齐地按照格式誊写到成册的白纸上去。

这个工作做好之后，郭方学就告别回去了。过了一两个月，他忽然说有信寄给我父亲，通知说其他族的统计工作也完成了，需要我父亲和三爷爷去本市最大的郭姓村进行统一的订正。我父亲和三爷爷去了差不多有一个星期，回来之后很兴奋，告诉我们说这次才知道，原来姓郭的人有这么多啊。我们村叫郭家湾，只有百十来人，而他们聚会的地方叫郭家岗，人口逾千人。尤其有趣的事情是，辈分相同的人，重名的人非常多，字同音同人不同，十分有趣。郭方学和我父亲原先统计的信息已经和其他族的信息放在了一起，这次找他俩去，就是为了把各个分支再次理清楚，确定下来。郭家岗的族人见到我父亲和三爷爷，自然有一番亲热，每天晚上安排他们到不同的族人家中去吃饭喝酒，十分热闹。

续谱的费用并不多，族人们在一起商量，按照人头分摊下去，每人交五元钱。婆媳不和的大伯父家只交了大伯父和他的两个儿子的；一位堂叔是鳏夫，到最后也不愿意交这个钱；六伯父交钱的时候居然少交了他儿子的。这样的事情在村里也就习以为常了，大部分人还是主动按时交了钱的，续谱在大家看来毕竟是一件大事，哪怕有一些闲言碎语很快就消失不见了。

冬去春来，到了第二年，郭方学又寄信来，通知我父亲和三爷爷去取新的族谱，一式两份，每份计十三册之多，他俩一人提着一份领了回来。当夜三爷爷召集族人，大家坐在一起开会，大家轮流翻看族谱，虽然多数人不识字，但是族谱白纸黑字油印出来，沉甸甸地捧在手上飘着墨香，大家还是十分高兴的。会上大家一致决定，两份族谱分放在三爷爷家和我家，以备将来需要的时候查阅。三爷爷对这件事的圆满完成感觉到很满意，过了好几年还经常提起来，说郭家岗的族人如何好客，他又是如何千杯不醉的。

存放在我家的那份族谱被我父亲用油布包起来，吊在了房梁上。这是个老传统，一来保持干燥，二来可以防止虫吃鼠咬，因此放了十几年，到前年我们搬家的时候，族谱保存得还是好好的。去年我把族谱搬到了老家新房子的二楼。族谱一共十三册，竖版油印，装订得简单但是字迹十分明了。分索引、宗室迁徙简介、各分支流传等。郭家湾单独成一册，向上追溯，脉络十分清楚。近年很多年轻人回乡给祖坟树碑，往往会来查阅族谱，确认祖先的名讳，我父亲帮他们翻找，十分方便。

在族谱上有了名字的老人们都很高兴，年轻人虽然不怎么在乎，但是在给小孩子起名字的时候也会参考一下。有了族谱，有些东西也算有了一个传承。

幼学藏书记

在武汉的表弟寄来他的书法作品，我拍成照片给朋友们看，朋友们都说好，都说原来你们家有舞文弄墨的传统啊！不经意间，表弟大学毕业成家立业了，已经是小有名气的书画家。可记忆中的表弟还是小时候的样子，不太爱说话，寒暑假总是到我们家住很长时间，和我一起玩耍。我年长几岁，那时候喜欢写毛笔字，他经常站在旁边看，可能多少对他有过一些影响。不过对他影响最大的可能还是我的姑父，也就是他的父亲，姑父也是一个爱读书、爱写字的人。姑父是小学教师，教什么课我倒忘了，不过至今仍然记得他给学校出黑板报的事情。那是一个阳光灿烂的日子，身材高大的姑父看到我们远远地走过来，放下正在编写的黑板报，从搭脚的凳子上跳下来，边拍袖子上的粉笔灰边和我们打招呼。

我们对于舞文弄墨的喜好还有一个渊源。小时候我们家有个邻居，是曾祖父一辈的老爷爷，他们家很穷，但是全家人穿得都十分干净体面。老爷爷在民国时期做过当地的保长。在我的印象里，他们家简陋的小院一直收拾得十分干净。那时候我们最感兴趣的事情，就是看着老爷爷把所有门框的两边都刷上漆，然后认认真真地在上面写上对联。大门门框上有，猪圈鸡圈门上写着六畜兴旺，就连厕所的门口也写上了，毛笔字写得端正有力，一丝不苟。

小时候我们能够接触到的有文化的事情也就这么多，父母教导我们认真读书的时候只会说你要考大学这一个理由，至于考上大学之后的生活他们也一无所知。我的祖父从年轻的时候就喜欢走南闯北，见过的世面多。我们小学在一个三岔路口，我那时候经常在中午放学的时候看到祖父从外地回来，抄着双手远远地走来。每逢他回来，晚上我一定要和他一起睡，为的就是缠着他给我讲故事。祖父擅长讲神鬼故事，有些故事他讲过好几遍我还是很有兴趣。冬天上学，教室里面阴冷，老师通常让我们坐到外面走廊上边晒太阳边读书，冬天的阳光晒得人舒舒服服的，琅琅的读书声不绝于耳。那是我们最开心的时候，我的周围经常围着很多同学，听我给他们转述祖父讲的故事。有时候故事讲到一半，老师走过来了，我们就假装是在一起探讨课文，老师一走开我就继续讲。一个冬天下来，祖父的故事都讲完了，后来就只能自己编，一边讲一边构思，中间居然也没有磕磕绊绊——反正神话故事的套路总是那个样子的吧。

那时候我最喜欢去姥爷家，两个舅舅在一个柜子里藏了很多小人书，每次去都可以看一整天的书。我不知道舅舅们的小人书是怎么来的，现在记起来那些书种类其实很杂，除了《水浒传》《三国演义》这样的传统故事，我最爱看的是《铁道游击队》那样打仗打枪的故事，至今还记得手绘的游击队员包着白头巾一手挥舞着手枪一手指挥大家向前进的形象。不仅在舅舅家的时候我会一刻不停地看，临走的时候还要向舅舅要上几本带走，小舅总是不情不愿很心疼的样子，但是禁不住我撒娇耍泼，最后只能让我带走。从舅舅家到我家有几里路，怀揣着几本小人书走在路上，沿路的鸟语花香顿时失去了颜色、声音和吸引力，我只顾埋头赶路，好赶回家去早点读小人书上的故事。

后来不再满足于从舅舅那里顺来的几本小人书了，自己手里有了零花钱之后，就在放学后跑到供销社去，那里有一段时间很是卖了一阵子的小人书。手绘本，一套一套的，每套书总是几本到十几本不等。几分钱一本，因为小学生没什么钱，只能挑故事不太长的小人书买，所以上百本的手绘四大名著只能眼睁睁地看着，买不起，不能不说是一个遗憾。这些自己买的小人书，加上从舅舅家顺来的，集起来好几十本，我把它们整整齐齐地摆在一个小箱子里，一有空就拿出来翻翻，那种心情，和老鼠有了自己的米缸、土财主有了自留地的感觉差不多是一样的。

初中的时候，小人书已经很难满足我的阅读欲望了。那时候我父亲认识了一位夏老师，夏老师是中学教师，常年订了书报，住得离我们家不远，我常常趁周末或者放假的时候去他家里看书。他订的最久的一本杂志是《中篇小说选刊》，那时候是20世纪90年代初，正是梁晓声、刘震云、冯骥才等人声名鹊起的时候，我几乎读了他们所有的代表作。梁晓声的《今夜有暴风雪》，刘震云的《塔铺》，冯骥才的《三寸金莲》，都是在那本杂志上看的。夏老师那里还有特别好看的《今古传奇》，这本杂志好多期一直连载聂云岚的小说《玉娇龙》，我记得是章回体，这个故事后来被李安改编成了电影《卧虎藏龙》。十几年后在电影海报上看到玉娇龙的名字，让我顿时有恍如隔世之感。看到我那么喜欢读书，夏老师把那些《中篇小说选刊》《今古传奇》几乎都送给了我。放寒假的时候，有了大把的空闲时间，我总是搬一把椅子去外面躲到不被人注意的角落里读书。冬日的阳光格外灿烂，照到人身上暖暖的，我坐在那里静静地看书，直到家人来喊我回家吃饭。那是我拥有过的最美好的一段阅读时光。

从初中开始，我的藏书已经远远超过了同龄人，尽管这些书杂七杂八，但还是成了我值得炫耀的资本。后来为了找到更多的书来看，我开始用自己的藏书去和别人交换。交换来的书大都是旧书，要么缺了封面，要么中间残了几页，不知道是被哪个愚夫愚妇撕去做了别用。这样的残缺对于一个如饥似渴喜欢阅读的人来说，那都算不了什么。20世纪90年代市面上最流行的还是武侠小说，换来的大都是这一类的书，书照例是破旧的，署名和内容提要往往都看不见了，因此当我在大学真正接触到金庸的全本小说的时候，我才意识到，之前读过的所谓"金庸"的书大部分都是赝品，真正的金庸作品反倒没看过几本。

那些小时候读过的书我都保留了下来，考上大学之后父亲把我所有的课本作业本都论斤卖了，因为嫌它们占地方。我及时赶回家把那些好不容易集下来的小人书、小说抢救了下来，装在箱子里放到了老家宅子的房梁之上。放那么高并没有什么寓意，房梁上面一来干爽，二来可以防止老鼠噬咬。后来上了大学，我开始在宽阔明亮的图书馆里读王小波，读老舍、沈从文。工作后又购置了上千本各类书籍，业余总会抽空翻几页，现在我足不出户却已经可以买到几乎所有想要的书。但是，曾经在冬日阳光下静静读书那种如饥似渴的感觉却再也没有了。

被我放在老宅房梁上的那些藏书大概已经积满灰尘了，我不知道何时才有机缘记起并且重新翻开它们。不过，我相信，无论什么时候，只要有机会再次翻开它们，旧日灿烂而又温暖的阳光一定会再次照射进来。

关于一只狗的平凡记忆

　　我看到狗，向来是怜悯大于欢欣，不知为何，狗们亮晶晶的眸子，在我看来竟然全是泪水。

　　我也曾拥有自己的一只狗。那是三十多年前的事情了，记忆虽然平凡，却未曾淡忘。

　　看到它的时候，它正和其他兄弟姐妹挤在一起，是否是在吃奶，我已经忘了。狗的主人是我的表哥，也是我最好的玩伴，他自然不会拒绝我的要求。我挑了最小的一只，它和其他的小狗长相几乎一模一样，但因为小，显得更加呆萌可爱，我伸手去摸它的头，它没有拒绝，反而很享受地低下头来。

　　但或许我记错了，它也许并没有那么小，因为回家的路上它是和我一路小跑回去的。我滚着铁环，那是我儿时最得意的玩具，铁环在石子路上时而被弹起，时而落下去，发出清脆悦耳的声音。小狗很好奇地一边看一边追，跟着我的脚步一步也不肯落下。记忆中那天，阳光很灿烂，大概是春夏之际，四野都是新绿。

乡下的狗能有的待遇它都有了，自己的狗窝、自己的饭盆。喂它的食物通常是我们吃剩的东西，乡下喂狗自然没有狗粮这些东西，母亲在洗碗之前把剩饭剩菜清理出来，盛满一盆，它早就等在一边，母亲把盆一放下它就抢也似的埋头吃起来。

我几乎一点也记不起来它长大的过程，似乎不经意间它就长成了一只健壮的土狗。如此不经意，正如它在这个家庭里的存在一样毫不起眼，但又顺其自然。

冬天的时候，母亲总是帮人做面条，小小的院子里搭满架子，架子上一排一排挂着长长的面条，在暖暖的阳光下晾晒。母亲做这种活计，一来是冬天农闲，给自家或者帮别人做些面条，等开春了农忙的时候吃。二来呢，冬天的阳光好，明亮而又不至于过于热烈，这样扯出来的面条又细又有劲道。母亲在一排排架子之间穿梭，小狗趴在旁边睡眼蒙眬，阳光明媚，微风吹过面条架，已经半干的长长的面条轻轻地簌簌作响。

我放学回家来，还没看见我，一听到我的脚步声，小狗立刻从睡眼惺忪的状态里醒过来，一骨碌爬起来，又跑又跳地向我冲过来。它欢快地摇着尾巴，不停地作势要扑向我，我用脚拨开它的脑袋，它就一口咬住我的裤子。因为它咬裤脚的习惯，我有好几条裤子都被它咬破了。我把手里的书包举起来赶它，它在一排排面条架里小心躲闪，吓得母亲只得连我带狗赶出她的面条丛林——无论是狗，还是我，对于母亲快要晒干的面条来说，都是危险的事情。

家里来客人的时候，我和小狗是最开心的，我有可能会得到几粒糖果，而小狗能在片刻之间成为焦点——客人往往因为害怕而表现出对小狗格外的热情，有些人甚至会友好地摸摸它的脑袋，这对于乡下的土狗而言是难得的待遇。当然，即便是来客人，也往往没有什么肉骨头可以啃，但小狗的饭盆里油水自然会跟着多一些。

最不受小狗欢迎的客人是我的堂伯七伯。七伯爱好打猎，经常扛着一把土枪上山打野物，有了收获的时候就把猎物挑在枪头上，趾高气扬地从我家门前经过。猎物有时候是兔子，有时候是山鸡，被他挂在自己院子的树上，开膛破肚，当夜就成了他的下酒菜。猎物少的时候，七伯背着手经过我家门前，用不怀好意的眼神瞟我家的小狗，还舔舔嘴唇。小狗仿佛感受到了某种恶意，猛地抬起头来，对七伯怒目而视，发出阵阵的低吠。七伯身上仿佛散发着某种气味，只要他经过，哪怕还离得远着呢，小狗就会一骨碌爬起来，警觉地朝着他低吠。

但是我家的小狗有一次还是差点遭了打狗者的毒手。一天晚上，邻村放露天电影，父亲扛着板凳带我们去看电影。小狗——我们仍旧喜欢称它为小狗，其实那时候已经很大了，能跳起来搭上我的肩膀——晚饭后在家里百无聊赖。母亲指了指邻村的方向，让它去找我们，它仿佛听懂了母亲的话，一骨碌爬起来朝邻村就去了。在半路上，不知道有几个打狗者，那时候乡下有很多人喜欢逮了路过的狗杀来吃狗肉，反正应该有好几个人，和我家的小狗狭路相逢。至今我们都无从知晓，我家的小狗在那夜到底经历了什么样可怕的经历，当电影进入高潮，我们正在屏息凝神观看的时候，我家的小狗悄悄地在人群里找到了我们，然后一声不吭地静静地趴在了我们坐的板凳下。电影散场的时候我们才欣喜地在板凳下发现了它，它浑身上下都是湿的，布满了伤痕。

父亲和我们心疼地咒骂起打狗者来，可是小狗满不在乎，它看着我们，不停地摇着尾巴，眼中满是欣喜，疲惫不堪却还要试着去咬我的裤脚。

小狗已经很大了，每顿饭吃的东西比我还多，母亲总是一边埋怨，一边却又把它的饭盆堆得老高。母亲气鼓鼓地说，养只猫还能抓耗子，这只狗整天什么也不干，吃得比人还多！小狗埋头吃东西，对母亲的埋怨充耳不闻。

一年夏天，水田里到处蹦跳着青蛙，狗们撒了欢儿，冲进田里抓青蛙。我家的小狗也激动地参与其中。青蛙蹦到哪里，它们就一惊一乍地跟在后面，屁股翘得老高，激动地低吠。也许是乐极生悲，在抓青蛙的时候，小狗不小心吸入了除虫的农药，先是不停地咳嗽，后来连呼吸都很困难了。

母亲照往常一样给它的饭盆堆满食物，希望它能慢慢好起来，可是它一口也吃不下去，到最后连水都不能喝了。小狗无力地躺在那里，时不时发出艰难的低喘，那喘气的声音是如此困难，母亲听了差点要落下泪来。它躺在窗外，这样一直持续到了半夜，母亲难以入睡，对窗外说，你要是实在活不了，就要死得舒服一些，喘得这样难受，我们人听了也很心疼啊！到后半夜的时候，小狗喘的声音终于渐渐消失了。

第二天一早，母亲打开门就去看狗窝，我家的小狗已经不在那儿了，干草中间只剩一个浅浅的坑。焦急间，母亲到处找它，却遍寻不到。后来在村外的一块岩石下找到了小狗，它已经死了，一动不动地卧在那里。母亲说，肯定是它听到了昨天半夜时她的话，自己挣扎着爬起来，跑到这么远的地方来，自己安静地死掉。

小狗的饭盆不久就被我们扔掉了，至死它都没有自己的名字，我们一直叫它小狗。我家后来再也没有养狗，母亲嘴上说因为养狗太麻烦。我知道那只是借口，她除了在小狗吃得太多的时候埋怨几句，又或者在缝补我们被小狗咬破的裤脚时恨恨地瞪几眼，她从来都是喜欢那只小狗的。

这就是我对于一只小狗的几乎所有的记忆，十分平凡，却未曾淡忘。这只小狗来到这个世界上，所给予我们的，远比我们给它的要多得多。

有点小调皮

　　将近二十年前，读梁晓声的《京华闻见录》，有一段写毕业分配时候的趣事。今天很多人已经不知道毕业分配是什么了，即便是我自己，也只是赶上看见师兄师姐们毕业分配的背影，并没有经历过。梁晓声在二十年前是最当红的作家，《京华闻见录》写的是在他还没变红之前的事情。1977年，梁晓声从复旦大学毕业，分配到北京，按照梁晓声的说法，"分配"之后，具体落实到什么单位什么部门，其实还是要自己去接洽的。接洽的过程中，他所凭借的材料只有学校的介绍信和个人档案两种。接洽得不顺利时，困坐围城的梁晓声顿时对自己的档案材料起了兴趣，内心斗争再三，决定要偷偷拆开看一看，看看有没有什么"黑材料"。

　　所谓的"档案材料"，我也看见过，棕色牛皮纸袋，通常是封口的，厚厚的一沓，里面放着的是历年的评定资料，梁晓声称之为"别人为我制造的第二灵魂"。他拎起自己的"第二灵魂"，掂了掂感叹道："他妈的一个二十八岁的人的'灵魂'，怎么才这么一丁点儿分量啊！"梁晓声胆大心细，用"洗脚水"泡开封口，用"大头针"挑开，打开一看，历年的评语还算不错，大多数都是赞美之词。但是他对于这么好的评语却没能早点入党耿耿于怀："我忽然觉得奇怪，我既然这么好，怎么不发展我入党呢？逐页逐条细看，看出了点名堂。有两条是：不尊重领导。政治上不成熟。带着这样两条缺点可不是不太容易入党么！难怪难怪。不尊重领导这一条，是公正的。在老连队，和连长、指导员吵过架。在木材加工厂，和连长、指导员吵过架。在团机关时，顶撞过政治部主任、副政委、参谋长。我想这一条将来到了新的工作岗位后，真得努力改正掉。"

在档案为王的时代，"政治上不成熟"的评语是很有杀伤力的，梁晓声极不服气，掏出钢笔，打算把"不"字改成"很"字，可这不像是康熙爷的诏命，"十"改"于"那么简单，笔画实在难改，只好"悻悻作罢"。

对于这样的评语，我也有过类似的经历。记得在小学时，每个学期结束，期末考试成绩出来了之后，成绩单上除了各科的分数，班主任通常还要写上一段简短的评语。那时候我是公认的好学生，考试成绩通常不在话下，每次领成绩单的时候我总是抱着扬扬自得的心情。有一年，我一如既往毕恭毕敬地从老师手里拿过成绩单的时候，定睛一看，在通常都有的"该同学学习认真，成绩优良"的评语之后多了一句话："有点小调皮。"

如今回头来看这样的评语，我大概只会嘿嘿一笑，然后就忘掉了。但是这样普通的一句话，对于一个当时只有十来岁的孩子来说，简直就是一道晴天霹雳。从学校走回家，短短的一里路，我心情沉重，步履艰难，同学们从身旁嬉笑着奔跑而过也视而不见，十岁孩子脑子里只有一件事情："我哪里有点小调皮了？"我反复回忆整个学期的经历，想到了这样几件事情：

语文老师每隔一段时间都会布置一篇作文题目，要求大家在课堂上完成。我的作文一向都不错，分数都很高。但偶然之间我发现老师布置的作文题目居然和一本参考书上的题目有100%的相似度，他几乎就是按照那本作文参考书的顺序在给我们布置作文题目。有了这个发现，我实在是太兴奋，每次写作文的时候都会"参考参考"，把某些我认为特别好的句子，比如"今天天气真好，晴空万里，万里无云"这样的话，大都套用到我的作文里去。有了这样的点缀，语文老师一般都会给出很高的分数。这件事本来是天衣无缝的，但是有一次我的胆子实在太大了，居然抄进了"我出门散步，看见一块工地正在施工，巨大的机器在轰鸣着"这样的句子，要知道，我当时连县城都没有去过，方圆几十里哪里来的"工地"，又何来"机器在轰鸣着"呢？语文老师恍然大悟，毫不留情地给我打了零分。

再有的一件事情就是，我家种了一棵柿子树，种果树因为经济效益不明显，在我们家乡并不是普遍的，物以稀为贵，因此，每到金秋柿子树果实累累的时候，杏黄色晶莹剔透、甘之若饴的柿子就成了抢手货。作为一个十岁的孩子，我当时已经非常有经济头脑，于是每天上学就在书包里带几枚熟柿子去学校里"卖"，两分钱一个，或者拿一本小人书给我看也行。我坐拥几枚柿子，实在是奇货可居，居然有那么几位同学每天都心甘情愿地带了硬币或者小人书来和我交易。这件事情本来做得极其隐秘，可是大概是因为柿子实在太诱人了，有一天某位同学嘴馋了，上课的时候居然忍不住拿出刚刚从我那里交换得来的柿子埋头偷吃。柿子的味道和咂巴嘴的声音自然没能逃过老师的鼻子和耳朵，当场就被抓了现行，还没等老师审问，那位同学就把我交代出来了。

我走在回家路上冥思苦想，最终想出来的可以交代的也只有这样两件事情。大多时候我是一个绝对的好学生，值日的时候把黑板擦得干干净净，做作业的时候又快又好，和小朋友玩耍的时候也从不耍赖，打玻璃球的时候因为技术太好，很少会输，所以也不存在输了赖账的问题。课余我还帮助老师，当课代表收作业，作业总是在放学前整整齐齐地码放在老师的书桌上；第一批加入少先队，每天早上一定要认认真真戴好红领巾才会蹦蹦跳跳上学去；有时天还没亮还会去喊隔壁小朋友准时起床准时到学校去早读，晚上无论多晚，都坚持在油灯下做完作业，有一次作业实在太多，一边打瞌睡一边做，恨不得头悬梁锥刺股。

那个冬天的下午，我游荡在田野里，很晚才回家，内心忐忑不安。虽然成绩单上的分数让父母没有特别在意最后这段评语，但是"有点小调皮"这句咒语却让我一个寒假都没过好，直到第二个学期结束拿到新的成绩单，上面的评语全是肯定的话，我终于长舒一口气，这才释然。

那件事情的八年后我读到梁晓声的《京华闻见录》时，也是一个冬天，看到梁晓声打算改写档案那一节，我不禁会心一笑。当年我游荡在田野里的那种沮丧、无力的感觉仿佛又回来了。档案里的一行文字何以让一个十岁的小学生和一个新的大学毕业生如此耿耿于怀呢？这件事情我至今没有想明白，也想不明白。

四年前，因为打算在业余从事一点文学创作活动，我认真地读了很多名家的小说作品。看到契诃夫的小说《一个小公务员之死》的时候，觉得未免太夸张，何以一个喷嚏就会弄死一个活生生的人呢！文学作品怎么可以这么不靠谱。但是名著就是名著，艺术虽然高于生活，但也是来源于生活，关于档案，关于评语，大概就可以算作是活生生的例子。在单一语境和单一评价体系之下，一件小事的确可以振动一只远在非洲的蝴蝶的翅膀，最后产生不可预测的后果。一个十岁孩子当时内心所产生的恐惧感，恐怕一点都不比那位打喷嚏的小公务员少。

我后来也有一次偶然的机会曾经看到过自己的档案袋，那时候我快要高中毕业，预备几个月后就要进入大学了。在当时的环境下，我竟然有足够的勇气，堂而皇之地打开（不是胶水粘的，是一根线缠绕简单扣上的，所以很容易就打开了）档案袋翻阅了一番。我对所有的文件毫无兴趣，而是直奔我小学时期的资料，可是翻了好几遍，我都没有找到那张写着"有点小调皮"评语的成绩单副件，我竟然有一丝丝失望。那个困扰我好几年的咒语竟然仿佛从来就没有存在过一样。

生活就像一盘炒田螺

　　父亲的人生里有很多值得他反复炫耀的事情，他的炫耀有时候是因为干的事情特别了不起，有时候则因为过程让他久久难忘。每到夏天的时候，尤其是天特别热的傍晚，父亲就会眯着眼睛说，要是有一盘炒田螺就好了。我问他为什么，他说，那还是他在深圳的时候，每天从工地回来，经过一家小餐馆门口，饭店老板总是用白纸黑字写一个大牌子立在那里宣告：今晚有田螺。湖北是鱼米之乡，田螺因为腥臭总是被我们扔得远远的，从来不会做成菜上桌来吃。正因为这样，那时候父亲总是很好奇，那家饭馆做的田螺到底是什么味道的。直到有一天晚饭后，父亲和两位工友装作很随意的样子踱到这家小饭馆的门口，被老板招呼进去享用了一次。至今父亲还总是津津乐道，那盘炒田螺花了他五块钱，同行的两位工友则给每人买了一瓶啤酒。父亲咂巴着嘴说，简直太好吃了。我很好奇地问他怎么个好吃法，可是父亲根本说不上来，太令我失望了。

其实父亲不知道，我也很喜欢吃炒田螺。刚工作不久，我去无锡出差，请客户下馆子，经常去吃的也是一家小店，凑巧的是，招牌菜也是爆炒田螺。这盘菜我们每次去都会点一份，一端上来如果下手慢了几分钟就被抢光，只好向老板要第二盘。那家店名字好像是"零点"，名字酷酷的，可是老板一看就是个老实巴交的年轻人，他在后厨做菜，老婆负责在店里张罗客人外加收银。来的客人基本上都是住在附近的熟人，在炒菜的间歇，年轻的老板总会跑过来敬一杯酒。我们一桌人和他几乎是同龄，但老板看起来要老上好几岁，皮肤黑黑的，满脸憨厚的笑容。看见我们喜欢吃炒田螺，他不无得意地说，他的爆炒田螺是一绝，秘诀全在汤料，而且是独家配方，附近的馆子学也学不会。我觉得他大概是吹牛，汤料固然好，但是想一想，无锡靠着几个大湖，风景如画水质极好，田螺品种自然也是极好的。那家馆子我们去吃了差不多有两年，老板娘偶尔会装作不经意多算几块钱，我们也装糊涂不去计较，一来是看在老板的面子，二来是他的爆炒田螺真的是让人欲罢不能。

我和父亲一致的意见是，爆炒田螺最好的搭档是啤酒，冰镇的。父亲对这个说法深表赞同，虽然我很清楚他大概也就吃过那么一次炒田螺，但是因为意见难得一致，我也就懒得和他较真了。爆炒田螺的吃法，按照父亲的说法，那是极其精细的，吸不出来的螺肉必须小心翼翼用牙签挑出来才行。我问他那得多长时间才能吸完挑完啊。父亲说，这么好吃的东西，享受的是那个过程，时间长点就长点呗。父亲还说，吃一口螺肉，就一口冰镇啤酒，那个享受就更好了。父亲这一辈子大概没有吃过太湖三白长江刀鱼这一类的好东西，所以我很难跟他解释我所理解的爆炒田螺。我们这一代人吃炒田螺，有谁还会用牙签呢？我们讲究的是速度，讲究的是味道。当然你不能就说我们只是浅尝辄止，我们要尝试的东西太多了啊。

那么我再说说和父亲意见比较一致的方面，冰镇啤酒。我们在脑海里只要想象一下就够美的了：夏天，在小镇路旁的小馆子里，挥汗如雨，在座的都是无话不说的兄弟，恰恰这时候我们每个人手里还有一瓶冰镇啤酒。这样的局面一定是失控的，所以结果必然是一醉方休。在无锡喝酒的时候，大家吃爆炒田螺非常狠，喝酒更狠。那时候有一位兄弟，据说曾经一个人干掉两箱啤酒，他姓梅，人称"梅两箱"。他喝掉两箱酒的那顿饭我恰好不在，只是听人说的，所以后来和他吃饭，吃炒田螺的时候我和他抢，但是喝酒就不和他抢了。后来还是这位"梅两箱"，大概觉得"零点"的爆炒田螺实在太好吃了，于是怂恿另外一位看起来有钱的兄弟盘下这家饭馆，结果价钱没有谈拢，只好悻悻然取消了这个异想天开的计划。

后来我出差的地方更多了，发现基本上每个南方城市路边的小馆子都有爆炒田螺这道菜。大概是南方水系相对发达，抓捕田螺比较容易吧。如果从一门生意的角度上看，这真是一本万利的。田螺随水生长，不需要特别照顾，抓捕的时候还不会逃脱，俯拾即是，非常容易。我这个经验来自读大学期间，经常看到水草丰茂的校内人工湖上荡起几叶扁舟，看到这个我们就知道，校门口对面小饭馆的老板们来抓湖里的田螺了。这些小老板，满脸堆笑地混进学校，一面抓田螺一面对站在湖边看热闹的我们满脸堆笑，到了傍晚，走几步路出了校门，我们就能吃到好吃的炒田螺了，不过田螺虽然是我们学校的，炒田螺却是需要付钱的。因为我们是对面的学生，这些小老板多少会送点花生米做下酒菜，我们彼此心照不宣，吃得心安理得。

最近终于和父亲一起吃了一次爆炒田螺，在桂林旅游的时候，在路边的小馆子的菜单上不起眼的角落里居然列着这道菜，于是点了一盘和父亲一起享用。父亲边吃边皱眉头，我问他怎么了，他说这里的田螺太小了，沙子又多。我觉得不可思议，爆炒田螺不是一向如此吗？父亲说不是的，他以前吃的那一盘味道又好，田螺又大，根本没有沙子。我无法和父亲继续争辩下去了，因为他总是比较相信自己的记忆，虽然他的记忆力在持续下降。那一盘爆炒田螺在父亲的记忆里既然如此美好，何必拆穿这一切呢？对于我而言，我也同样怀念在学生时期、在刚开始工作的时候吃的那些炒田螺。那些时候，我们除了身份证，什么都没有，生活中最美好的东西也差不多就是一盘爆炒田螺，所以每次都能吃得津津有味，回味无穷。反而是现在，只是偶尔才会想起这道菜，可是看看菜单，再看看坐在身旁的朋友，炒田螺也显得过于随意了，于是只能欲言又止默默点起下一道菜。

在桂林阳朔吃那盘又小又有沙子的爆炒田螺的时候，我就在想，其实生活何尝不像是这样一盘炒田螺，上一口吃到的是肉，下一口说不定就是沙。如果你想保有对它最美好的印象的话，那么恐怕只能浅尝辄止才行。又或者是，时隔多年，尽管曾经吃的那盘爆炒田螺又小又有沙子，可是时过境迁，竟然成了一道无上的美味。

清　明（一）

那天早上，我还没起床，就听到楼下院子里传来二伯父的声音。二伯父今年七十多，前年中过一次风，行动有些不便。去年他和二伯母被儿子也就是我的堂兄接到武汉去住，这次回来过清明节，听说我们也正好回来了，于是一大早过来我家坐坐。

他和我的父亲有一两年没见了，彼此的事情都是通过别人的嘴听说的。他们堂兄弟年轻的时候一向不和，以前是前后院住着有事没事吵一场，临到老了，居然开始有不少体己话说说。

我连忙起来下楼去和他打声招呼。父亲已经洗好茶壶泡茶了。这是我们这里的风俗，家里来了客人，马上换杯子泡壶新茶算是隆重地接待。原本堂兄弟之间用不着这么客气，可是他们平时也很少能见面，于是就用上了这待客的礼数。

我在旁边一边刷牙洗脸一边听他们聊天。二伯父中过风后耳朵有些听不见了，我父亲每说一句话，他都要把耳朵朝向我父亲的方向努力地听。即便如此，他还是经常要用语气词来表示是否听见了。如果回一声"哦"，就说明听明白了。如果回的是"啊"并且语调上扬，那就是要人再说一次。我父亲今年过完生日就六十岁了，反应也是一天不如一天。因此他俩这样的聊天，在我们年轻人看来，那速度是慢极了。好在两位老人不嫌慢，聊得还挺起劲。

洗完脸我准备上楼，却突然听到二伯父叹了一口气。他和我父亲谈起了三奶奶和七伯母去世的事情。三奶奶是二伯父的母亲，而七伯母则是二伯父的弟媳。三奶奶和七伯母婆媳之间一向不和，谁承想去年十月份的时候，她俩竟然同一天去世了。三奶奶活到了九十几岁，十月份天气转凉就一病不起，一天上午一口气没出来就去世了。七伯母听说了，赶过去想帮忙伺候一下婆婆身后的事情，但看见婆婆死后的模样，心里一阵不痛快，于是告诉旁边人一声，说身体不舒服就回家躺着去了。谁知道一躺不起，下午的时候三奶奶的遗体刚被放进棺材就见到七伯母的儿媳跑过来报丧，说七伯母也过去了。

婆媳同一天相继去世，这样的事情说起来自然有些令人不可思议。二伯父的意思，他的母亲活到了九十几岁，眼看着就要过一百岁了，活到这个岁数，死了反倒是一个喜事。老而不死是为贼，为了奉养三奶奶的事情，二伯父他们兄弟四人没少闹过矛盾，现在去世了，一了百了，所有的人不用再为这件事情发愁。

但是七伯母去世，却是让人万万没有想到的。

我父亲那一辈的堂兄弟一共十人，我父亲排行老八。七年前我把父母亲接到上海和我一起居住，中间老家的音信时断时续。先是排行老三的我父亲的亲大哥去世了，不久就是老大和老七在短短的几年里先后去世，算上早年在公职上去世的五伯父，他们堂兄弟已经有四位去世了。

有的时候，死亡看起来是一件遥远的事情。可是如果同龄人突然不在了，人的心思就会发生巨大的变化，不得不开始考虑身后的事情。

二伯父谈起来七伯母的去世，据说是死于脑出血。他说："我想了好几天，我现在也老了，七十多岁说死也就死了。死，我一点都不怕。但是我还想选择不那么痛苦的死法。像伦莲（我七伯母的名字）这样的死法就不错，死得快，临死自己也没受过什么痛苦，睡过去的。儿子儿媳也不用受什么罪，要不还要伺候几年。"

二伯父和二伯母据说在武汉住得也不是十分开心。全家靠他们儿子开的一间门店生活，临街开店，店后住人，烧火做饭都在后面的屋子里。二伯母帮忙带孙子忙得不亦乐乎倒还好，二伯父一辈子住在农村，让他整天窝在那间小屋子里，他觉得无法忍受。这次清明节回来，二伯母的意思是回来给先人们上个坟，完事儿了再回武汉。二伯父坚持把自己所有的行李都收拾好了，打算这次回来打死都不回去了。用他的话说，待在老房子里面，饿了就做点吃的，平时还可以在院子里晒个太阳，比去城市憋屈着强多了。

二伯父只有一件担心的事情，现在村里大部分人家都盖了楼，原先村里的那些老房子离新村有半里地。平时老房子那边没什么人去，路边野草都长得齐腰高了，二伯父说："就怕我在老房子死了没人发现，等到尸体臭了才有人进去看见呢。"

这样的谈话我是再也听不下去了，于是赶紧走开了。

早饭后，我和父亲去家族先人们的坟地拜祭。每年清明，这样的拜祭都是固定的流程，先是在祖宗的坟头摆上一摞摞的纸钱，一般我们怕这样还不算数，还要在坟前再烧上几刀黄表纸，最后放鞭炮请祖宗们收钱算是完成一年例行的祭拜。

我们家族的坟地就在老村后面的山上，一座山包，中间凹进去，呈U字形仿佛怀抱着山下的村庄。我们赶到的时候，大多数的家庭已经完成了祭拜，那些摆在坟头的纸钱被风吹得到处都是。这些纸钱印刷得很精美，买的时候捆成一刀一刀的，跟人民币一样大小，只是颜色和面额不同。以前这些纸钱都是买来黄表纸自己用印子印，后来嫌费事，都买了这印刷的纸钱。现在的纸钱，既便宜又好，怕祖宗们没钱花，面额印得都很大，十亿一张。还有跟真的一样的银行卡，可以烧给祖宗。

我至今还记得当年爷爷奶奶去世之后，我父母亲买来一摞一摞的黄表纸，然后拿来印子和印泥让我印纸钱。我一边印一边想，爷爷奶奶收到了这些钱该多开心，一定会保佑我的。当时的印子只有五元一张的，所以我从早到晚一天印下来大概也只有几万块。放在现在，一张机器印刷的纸钱就足够让我无地自容了。

坟地里，远远就能看见两座新坟，上面的白幡被风吹得东倒西歪。去年葬下三奶奶和七伯母时培的土已经被雨水冲刷得坑坑洼洼了。当时在坟前摆放的纸钱经过风吹雨淋，已经变成了白色。这婆媳俩在世的时候一直不和，死了之后根据生辰八字算出来的坟墓的朝向也不一样，中间隔了好几座坟，一副互相不来往的样子。

我们家需要拜祭的只有五座坟，散落在坟地的各处，父亲带我一一拜祭，摆上纸钱，烧好黄表纸，然后就是一一磕头、放鞭炮。每座坟祭拜完我都小心翼翼地等纸钱烧成灰烬才离开，一来是要确保好不容易烧的纸钱祖宗们要全部拿去，二来还是担心这山风太厉害，一不小心就容易点燃坟地周围的枯草和树枝。

比我们晚来了几分钟的是六伯父。他的妻子也就是六伯母很早就因病去世了，几年前他的独子酒后骑摩托车不小心摔死了，因此他现在是一个人，平时在外面打些零工，今天就是从外地赶回来的。六伯父已经六十多了，眼神不太好，都是一样的土葬坟头，他跑上跑下分不清哪座坟头是他爷爷的。他看见我们也在祭拜，问我们，我们也说不清楚，他只好打电话问他的亲哥哥，我的四伯父，问了好半天才搞清楚。

我们家族的这块坟地朝阳，清明节时分的天气很好，几十座坟头不规则地排开，人站在中间丝毫没有传统墓园那种阴冷的气氛。我陪着父亲在几座坟头之间转来转去，一边和父亲聊着天，一边认认真真地烧着纸钱，满心欢喜地希望祖宗们能收到我们送给他们的这些钞票。祖宗们躺在这阳光满满的坟堆里面，虽然坟堆简陋了一些，但是终于可以踏踏实实地晒晒太阳了。

我想起我小的时候，那时候大伯父还是村长，总是板着脸在村子里面走来走去。那时候我们都很怕他，尤其怕他恶狠狠的眼神。每逢村里开会的时候，一整个晚上就听到他洪亮的声音在那儿响。他去世前两年我从外地回来还见到过他，他已经退下来了，靠打些零工来养活自己，原先魁梧的身材已经佝偻得不像样子了。我当时诧异了很久都不能相信人可以有如此大的变化。他的坟地前几年我还能认出来，现在差不多和其他的坟堆一样，再也辨认不出来了。

我们祭拜完了，放过鞭炮，站在山岭上看六伯父在坟地里跑上跑下。父亲等他祭拜完了，邀他一起去我家喝茶。我跟着他们俩走下山去，听他俩边走边商量："明年恐怕要给他们立一下碑石，刻上名字，不然等我们不在了后代人恐怕更加搞不清楚了。"

阳光很好，路旁无名的小花开得十分显眼，这是甲午的清明。

清明（二）

晚上刚躺下不久，就听到六伯父在拍隔壁方应叔家的门，声音很急，在寂静的夜里显得十分尖厉，再过一会儿又听到鞭炮声。二伯父没了。

我们是下午回到老家的，久不回乡，还没收拾停当，父亲就跑出去串门去了。吃晚饭的时候父亲才摸黑回来，告诉我们，二伯父就剩一口气了，不知道熬不熬得过清明节。没想到连今天晚上都没熬过去。听到鞭炮声，我披衣走下楼去父母的房间，他们也亮着灯，和衣坐在床上，我们几个人面面相觑，半天无语。

第二天一早，六伯父到我家来了，他们那一辈堂兄弟十个，于今只剩下一半，最年轻的十叔在广州打工，就算电话通知也来不及。剩下的四个兄弟里面，只有我父亲粗通文墨，因此他们商议让我父亲去主持二伯父的葬礼。

我和母亲吃过早饭就赶去磕头，按照家乡的风俗，得到消息能够赶到的亲戚、子侄都要给亡人磕头送别。灵堂设在一间低矮的借住的房间里面，二伯父家最近刚刚拆掉房子盖新的，旧的房子没了，新的房子又还没盖好，只好借住了一间小房子过渡。二伯父活着的时候，人前人后都要个面子，没想到死的时候连个自己的房子都没有，令人不胜唏嘘。

磕头，家属在一旁默默烧纸，二伯父的儿子老五披麻戴孝，在一旁黯然还礼。

老五是二伯父的独子，昨天下午得到消息从省城匆匆赶回来的，天黑前赶到见了老父亲最后一面。那个时候二伯父已经口不能言了，老五让自己儿子喊爷爷，听到孙子的声音，二伯父眼皮动了动，大概是表示听见了。

我们稍坐，家属谢茶。二伯母进来，眼睛已经肿了，母亲拉着她的手，轻轻地拍了拍安慰着她。二伯母往日嘴尖舌利，和我们做邻居，没少和我母亲拌嘴。往日经常斗得不可开交的两位老妯娌，此时看起来都瘦弱苍老了不少。在死亡面前，愤怒、刁蛮这样的情感都退位了。

母亲安慰二伯母："二哥今年七十六，四世同堂，没什么缺憾了。"

二伯母说："平常伺候他，我一直对得起他。昨天下午，看他情况还不错，就抽身去新房子工地看了看，回来的时候他就不行了。要说有什么遗憾，发病的时候我不在，这一点我对不起他！"

旁边的四伯父接过话茬儿："老二拖了这么久，哪能想到就这一会儿工夫就发病了呢？！"

四伯父回过头问老五："办丧事的费用，你手头宽不宽裕？不凑手的话，我让你三哥多带一些回来。"老五点头说应该够的。

三哥是四伯父的儿子，在县城的一个办事处当厨师，已经得到消息，估计中午之前就能回来了。

四伯父对二伯母和我母亲说："老二走得聪明。早不走，晚不走，偏偏要放清明节假就走了，清明节回来的人多嘛，送他走的人就多，热闹。他心里清楚得很！"

说话间我父亲和六伯父走进来。父亲在上海是戒了烟的，一回来就抽上了。这时候，他和六伯父一人夹着一支烟，父亲显得愁眉不展，六伯父是一个没有主意的人，一会儿看看我父亲，一会儿看看二伯母。

父亲说："现在比较麻烦的事情是人手不够。"他吸一口烟，"老十在广州回不来，四哥、六哥和我都出不了力气，抬棺的人恐怕都凑不齐。"

这是一个迫在眉睫的问题。按本地的规矩，抬棺的人一般是兄弟或者子侄，一共四人，外加两位在一旁帮这四个人歇肩的，那么至少需要六个年轻力壮的人。我父亲这一辈儿的，本房的都出不了力气了，只能去找其他房的。可是但凡年轻一点的兄弟或子侄，基本上都在外地打工。能够尽快赶回来的，只有四伯父家的三哥，而像我这样从大城市回来的，从来没有干过这种力气活的，自然是指望不上。留在家里的方应叔可以算是一个，但是还缺四位。

四伯父神色黯然，似乎心理斗争了一下，抬起头来看着我说："像你们这一辈儿的，一来不常在家，二来即使回来了也不知道怎么办葬礼。以后我们不在了，估计送葬的人手都会是个问题！"

我感到很惭愧。偶尔回乡，叔伯们都会像接待客人一样接待我们，因为常年在外，他们对我们总是客客气气，重话都不曾说一句。以往的红白喜事，包括我自己结婚的仪式，都是四伯父帮忙张罗的。可是细算算，四伯父今年也差不多七十岁了，操办这些红白喜事的程序，连个接手的人都没有。

看到我和四伯父面面相觑，父亲知道我们这里也没有什么办法，他掐灭烟头，说要出去各家转一转，问问各家在家的老人和妇孺，家里的男人有没有说清明节打算赶回来的。他和六伯父佝偻着背一前一后走出去，看起来十分苍老和无助。

大家顿时一阵沉默，小房间里有些阴暗，唯独漆黑的棺材反射一丝幽幽的光来，提醒薄薄的板壁后面静静躺着刚刚冷下来的二伯父的身体。

二伯父生前是一个很要强的人，不仅只是得理不饶人，哪怕没有道理，他也总要强词夺理。但换成今天这个局面，假如他还活着，恐怕也是一筹莫展。

这些年，已经没有多少年轻人在家里侍弄农活了，但凡有一把力气的，都想方设法去了外地，打工挣钱。留在家里的，要么是老人，要么是不得不留在家带孩子的妇女，正因为如此，田地有一大半都闲置了下来，任凭荒草丛生。

我们起身告辞。四伯父跟着我们一起走出来，他也打算去各家转一转。分手的时候，他对我说："你也好，你们老五也好，虽说是在外行走的人，家里的这些章程，你们最好还是要熟悉一下，不然将来我们去世了，没有人再清楚怎么做了！"他浑浊的眼睛看着我，语气近乎是哀求。

我无言以对。

突然想起了《红楼梦》里黛玉葬花的桥段，四伯父的担忧，真是应了"他年葬侬知是谁"的悲凉。

对面坟山上突然响起噼里啪啦的鞭炮声，清明节的正日子还没到，不知道是哪家人家已经提前开始扫墓了。鞭炮声在原本寂静的山谷里激起巨大的回响，让人感到天地更加空旷。

又是一年清明，柳树吐出了新芽，但离万物复苏的时间仿佛还很遥远。

上海的雪

上海的雪，想一想，实在没什么好说嘛。

前天傍晚回到家，刚想躺一躺，Angela的微信就来了：下雪了！孩子们在干什么？赶紧带她们去看看雪花！

关掉微信前又看到一句：别忘了给她们带上围巾和手套！

上海传说要下雪很久了，可是等了好几天都没下下来，陡然说今天开始下了，居然令人感到振奋。小学生正歪在床上无聊地翻书，听说下雪了，以前所未见的速度爬起来，连着问："在哪儿呢？雪在哪儿呢？"

雪嘛，自然在窗外。

可是窗外几乎看不到什么啊，稀稀落落的几丝儿雪花，以常人关注不到的速度飘下来——请原谅我用了"丝"这样一个不太常用的量词，因为如果说正在飘落的的确是雪花的话，还不如说是雪丝儿，不刻意观察，几乎看不出来是在下雪。

可是小学生还是很兴奋，毕竟是第一次在照片和电视以外看到所谓的"下雪"，尽管需要眯起她的近视眼才能看到，但毕竟看到的确有白色的东西正在稀稀落落地飘落下来。

也难怪，上一次上海的天空认真下雪是在2008年，那时候小学生正在以胚胎的形式孕育在Angela的身体里，自然无从感知真正的雪花的样子。

上一次下雪？怎么越来越喜欢说以前的事情了呢？这不科学。

2008年那场雪让人兴奋。那时候我们刚刚住进了新房子，虽然房贷还要再有20年才能还清，可是眼下孕育的全是希望：妻子刚刚确认怀上了孩子，到了冬天，居然下起鹅毛大雪来。俗话说瑞雪兆丰年，我们穿上红色的衣服去白色的雪地里拍照，晶莹的雪花落在矮茶树上，像是给绿色的叶子戴上了白绒帽。我们如同孩子般无忧无虑，为一场大雪欢呼雀跃。

可是如今眼前这雪，下得也太漫不经心了吧。

昨天和两位同事一起开会。到中午的时候，窗外的雪居然大了起来，我不由得思路一时中断，格外期待这雪下得更大些才好。离开办公室的时候，雪已经很大了，我赶紧从手机的乐库里找出*Here we are again*，我一直觉得这首曲子值得在雪天开车的时候听，正如每次酒醒的早晨开车在高速路上飞驰的时候我都会循环播放《曾经的你》一样。

可是这雪明显来者不善，迎面扑到挡风玻璃上，沙沙作响，一点也不温柔。我只好关掉音乐，专心听广播。

傍晚到补习班接上孩子的时候，路旁一溜汽车的车顶上已经积满了雪，颇有点厚度了，像盖着一层薄被。空中飘的雪状如鹅毛，是雪花原本应有的样子了。

小小学生责怪我，你为什么不把车停在外面呢？

我在看飘在空中的雪花，有些走神，问：什么？

小小学生说，如果你停在外面，这样我们车上就有很多雪啦，就可以打雪仗堆雪人什么的了。

我说，按照下雪的这个速度，要是放在外面停一夜，车顶的积雪的确可以打雪仗了。不过车会冻上的。

她居然白了我一眼，把手套扔给我，帽子也不戴，径直去捧别人家车上的雪了，雪花落在她的头发上，黑白分明。她忽然回头指着我咯咯大笑，原来雪花纷纷落下来，落在我的黑色大衣上。我学着小小学生的样子，跳一跳，让白色的雪像盐花一样散落开来。

小小学生要求坐到副驾驶座位上来，我犹豫一下同意了。她熟练地打开我的手机，调成莫扎特的音乐，可是不一会儿她就睡着了，手机滑到座椅上。我调低音量，外面硕大的雪花飘拂而来，那么温柔，比莫扎特的乐曲还要柔和。但是雨刷似乎冷酷无情，一遍又一遍地清扫，然后下一批雪花再次扑了上来。

这样的雪花居然飘落了一整夜！

临睡前孩子们许愿说明早起来要去打雪仗堆雪人，看起来这个愿望很快就可以实现。这样的事情是最幸福的：有一个珍贵的愿望，但是不用等太久就可以实现。

我们好久没有这样的幸运了。比如这2018年上海的雪，远不如2008年那样自然而然，带着令人惊喜的暗示来到。

这一场上海的雪，就像我们时至中年的爱情，你知道它总会来，但来得稀稀落落，也许还有点漫不经心的粗鲁，让你刻意的准备显得多余。但最后又如此隆重，雪花厚积在树枝上、堆积在路边，竟然来不及融化。

就像*Here we are Again*的歌词：

Here we are, here we are again（我们在这 又一次在这）

Moving forward into time and space（时代在进步）

Everything remains the same（一切如旧）

Looking back to what we once had（回想我们曾经所拥有的）

Nothing seems to change（看起来什么都没变）

我们的微信时代

五月份的时候，刚子在微信群里宣布要结婚，大家愣了三秒马上爆出欢呼。刚子召集大家到时候去新疆参加婚礼，我不假思索，回了三个字"一定去"外加一个感叹号。

我在微信上很少这样的积极，和Angela马上商量行程。Angela对我的朋友不太熟，但是不知为何对刚子印象很深刻，问："是不是皮肤挺黑，嘿嘿一乐满嘴白牙的那个？"我说是是是。Angela说："新疆我也挺想去的，不过是你的朋友，你决定。到时候我和孩子们一起请假就是了。"我说，Leo也去。Leo是我和Angela都认识很多年的朋友，以靠谱著称，他和家人都去，便为新疆之行做了很好的背书，于是我们赶紧订机票。

结果成行的时候呼啦啦来了二三十号人，有几个地陪是刚子的发小，其余的全都是刚子在上海的朋友。刚子为参加婚礼的人建了个微信群，离着婚礼还有好久，群里面已经热闹非凡了。地陪不时更新新疆那边的天气，临行前几天发了条消息说，天山公路有落石，封闭了好几天，我们跟着提心吊胆。刚子在上海的几位朋友在里面发新疆的旅游攻略，连带什么鞋子和衣服都想到了，我虽然不认识他们，看着他们讨论得热火朝天，于是跟着一起回复"好！好！好！"和"谢！谢！谢！"，搞得好像跟他们很熟一样。

到了新疆才发现我们和这些年轻人根本不是一路人。他们准备得很充分，墨镜、冲锋衣和防晒霜一应俱全，我们带的则全是给孩子们准备的路上吃的用的东西，大包小包地拎着。还好大家是自己开车，放在后备厢就行。在独库公路盘旋的时候，孩子哇啦哇啦地吐，那种狼狈只是车里面的，一下了车，大家活蹦乱跳的好像并没有什么区别。到了宿营地，住蒙古包，大碗喝酒大碗吃肉，年轻人们兴高采烈，小孩子坚持不住早早就睡了，我陪着聊了一会儿，赶不上话题自觉没趣，倒头便睡了，以至于凌晨的时候他们跑出去拍星空照我都没能醒过来，第二天看到美极了的照片才后悔不迭。

回到奎屯准备返沪之前，所有的人一起吃了个庆功饭，毕竟一个星期在新疆的旅行对于大家来说都是辛苦而且愉快的，刚子忙上忙下一直担心大家的安全，大家也想感谢一下。发小、上海年轻朋友、我们有娃的，三拨人互相致谢，连连举杯互相点头哈腰，依依惜别，相约到上海再聚。

结束后回到上海，我们一直都还保留着那个微信群，新疆奎屯的朋友们时不时发一些他们喝酒吃肉飙车的照片，让我们羡慕不已。刚子回来后有时候和那几位年轻朋友聚会，一起去吃大盘鸡，显然都很怀念在新疆的那一个星期。而我们依然如故，不时地给群里面的照片点个赞，但因为忙的缘故，没有和他们再见面。

微信和朋友圈真是一个伟大的东西，我们因为刚子这个共同的朋友和新疆这个共同的目的地，随风而聚，随风而散。

但有些时候又不是这样。大舍的阿健大部分的时间都是在全国各地巡游，刷他的朋友圈，瞻之在前，忽焉在后，仿佛一直都在旅行。阿健每年都要搞一次"大舍慈善行"，在上海征集到捐款捐物之后，亲自开车把东西送到边远的小学里去，有图书也有衣物之类。他和他的车队一路开过去，去的是青海、西藏或者贵州，朋友圈他发的照片上，人显得很憔悴但又意气风发。我能够做的就是点赞，或者不停地转发，表达一点"身不能至而心向往焉"的意思。

阿健开始转发"山人乐队"消息的时候，我们比较漠然，因为不懂，以为他又是在哪个酒吧邂逅的"在路上"的朋友。后来突然有一天，阿健打电话给我，说"山人乐队"在嘉兴录节目，导师刘欢要求他们写一首"关于兄弟情义"的歌曲，希望我能够帮忙做一点创作给他们一些灵感。我知道"中国好歌曲"都是在嘉兴录的，"山人"参加的"中国好歌曲"我看过第一季，觉得很好，但从来没有觉得能和自己扯上什么关系。阿健拉了个临时的群，把我们和"山人"的翟子寒拉在一起，我觉得有些恍惚。突然之间很难说有什么诗兴，于是发了几首旧诗放到群里，也不知道他们用不用的着。虽然如此，我因此就突然很关注"中国好歌曲"了，后来决赛的时候，"山人乐队"唱《上山下山》，也就是刘欢的那个关于"兄弟情义"的命题作文，我把全家人喊过来一起看电视，虽然整首歌没有一句是我当时写的，但仍然觉得"与有荣焉"。翟子寒后来在群里很礼貌地感谢了我给他的帮助，虽然他们最后的夺冠和我并没有半毛钱的关系，但是我一直很高兴，这种感觉和第一次登上天安门城楼时的感受差不多，突然和一个很遥远的事物扯上了千丝万缕的关系，这种感觉十分奇妙。

　　阿健和他的大舍时常给我这种错觉，阿健行踪飘忽不定，但是留下了一个世外桃源般的大舍客栈在西塘。我心烦意乱的时候总是会邀上贴心的朋友过去住一住，在被芭蕉树影笼罩的茶亭里安静地喝茶、谈天，看天色一点点地黑下来，然后出去找一家小店喝酒。阿健也好，大舍客栈也好，和我的生活节奏格格不入，但是阿健说，"倦鸟归林，梦回大舍"，这大概就是像我这样的"忙人"和闲适的阿健之间如有若无的联系吧。

　　阿健会突然在晚上给我一个电话，往往是他到上海了，正好在和朋友们一起喝酒，突然想起我，打电话问我要不要现在过去。说实话，这样的电话让我很是为难，在有计划的繁忙和突然的闲适之间，总是一个两难抉择。最后我总是犹犹豫豫地拒绝了他，还好阿健从来也不太在意，到了下次在上海的时候，他还是会突然打个电话过来。我有时候去大舍的时候，碰到阿健和他谈天，有时候他还会亲自下厨做几个菜一起喝酒，酒是他泡的杨梅酒，颜色淡黄，看起来跟啤酒似的，口感也很好，但是酒很烈，喝不了几杯就会醉。喝酒聊天的时候，阿健谈的很多事情我都不懂，仿佛和我的生活没有什么关系，就像当初他和我提起"山人乐队"的时候一样，但我相信，阿健和他的朋友们一定有一个我所不知道的世界，那个世界我可能很难进入，但我知道一定是不一样的世界。

我自己也有一个世界，这个世界和他人的接口，以前是电话和聊天，现在往往是微信。我每周写好一篇文章，都会在工作日空闲的时候，悄悄地贴到微信朋友圈里，每次我做完这些，心里总是有十分期待的感觉，和小学的时候做好作业等着老师批改的时候的心情一模一样。给我点赞的很多，评论的却很少，正如我不熟悉阿健的世界，别人对我的世界很难说得上十分了解。但是我看得见阅读量的上升，并因此知道每次都有上百位的朋友在默默关注着我，这让我十分开心。

我想起在小学的时候，有一个冬天，我们跑到邻村去赶露天电影。电影开始前我们觉得太冷了，于是跑到小伙伴家里围着火塘烤火，当时在座的有我朋友的一位叔叔，比我们大不了多少，还有几个小伙伴。不知道是谁提起武侠小说，我突然来了谈兴，那一次是印象中我第一次长篇大论地阐述我的观点。我看的书是小伙伴里面最多的，尤其是武侠书，那时候能找到的多半是武侠书，武侠书中关于"门派"和每个门派所擅长的"武功"大都是有关联的。我花了整晚的时间把这些关联梳理了一遍，滔滔不绝地讲出来，小伙伴和他的叔叔居然听得聚精会神，以至于我们最后都忘了外面的电影已经开演了。他们都听说过"少林"和"武当"，当我提起还有"崆峒"这个门派的时候，他们十分吃惊，连忙追问"崆峒派"主要会什么样的武功，有哪些代表人物。我已经忘了我当时讲了些什么，现在想起来，当时的我必定是眉飞色舞、唾沫横飞，还好听众们都很入神。为了节约电，我们没有开灯，火塘里忽闪的火苗映在彼此的脸上，屋子里很安静，只有我讲述的声音和听众提问题的声音，还有隐隐约约传来外面打谷场上正在放映的电影的声音，那样的一个世界真的十分奇妙，以至于时至今日我都还记得。

我发到我的朋友圈的文字或者图片，总是为了表达我的心情、我的态度，或者喜悦，或者激动，或者仅仅是表达一种安宁。这是我和我的朋友们的一个交集，就像是他们"从我的全世界路过"，顺手点个赞，或者发一句评论。点赞和评论让我觉得很安心，就仿佛是那一个冬夜，我至今还担心当时是不是自说自话，但因为小伙伴们提过的关于"崆峒派"的问题，让我确认了当时的真实感，这种真实感和现在朋友圈的点赞或者评论大概是一样的。

每个月电信账单寄来的时候，发现话费和短信费都少了很多，显然是因为微信的缘故。打开手机，只剩下许许多多的广告电话和垃圾短信，毫无人气。私人之间的联系渐渐全都转移到了微信中。

总有那种有特别能耐的人，能在一个时间点把很多许久没有联络的人聚集在一起，在群里的名录里翻动，顿时生出"原来你也在这里"的感叹。很多人在微信群里潜水，长时间地一言不发。这也没有关系，因为我们都知道，大多数的联系是没有任何意义的，"从你的全世界路过"，"路过"而已，"不带走一片云彩"，完全无须那么认真，那么有压力。这和电话时代的感觉是完全不一样的，对方如果突然一个电话打过来，你不能不接，但有时候你接了也不知道有什么话好说。

记得在多年之前我刚刚有了自己的手机之后不久，突然接到一个外地号码打过来的电话，因为当时我正在开会，所以只能掐掉。等到我回电的时候一直无人应答，后来才知道是亲戚从一个街边电话亭拨过来找我的，但因为这样错过，那位亲戚有好几年不再理我，而我也一直觉得是自己的错。如果是今天，发个微信，不至于有这样的尴尬。

又是很多年前，更早的时候，我一个人跑到北京去读书。那时候无论是我，还是家里，都没有电话。我需要提前一个月写信告诉家里，我在某月某日大概某个时间会打电话来，然后到了那一天，我提前到西太平庄的那个最大的邮局排队等候。而家人则在那一天大清早就要起来，然后赶几里山路，到熟人所在的医院里守着那唯一一部电话。那样艰难的约定，艰难的守候，在电话好不容易接通的一刹那都算不上什么了，其实也说不上几句话，大部分时间都是哽咽和泪水，通过长长的电话线延伸出去，彼此都能感受到。

微信呢？如果我发出去的微信对方久久没有回复，那就是拒绝，我们多半也不会感觉到一丝难堪，这比电话时代的拒绝的成本低多了。电话上或者见面的时候不容易表达的意思，通过微信表达就简单多了。即便是黄口小儿，不会拼写的，也会通过语音或者动画图像，表达他们的意思。好多次在我出差的夜晚，女儿都会在临睡前给我发个微信，哼哼唧唧的话语，或者幼稚的打哈欠的小动画，都让我在酒醉之余感受到阵阵的温暖。有时候早上醒来，头疼欲裂不知道身在何处的时候，女儿发来微信，问："爸爸你什么时候回来啊？"我都会有马上起床飞奔回去的冲动，身在商场的所有阴谋阳谋以及成败得失刹那间都烟消云散了。

这就是我们所处的微信时代。木心说："在自己的身上克服这个时代。"但我想木心的"时代"大概不包括"微信时代"吧。微信时代已经悄悄地来了，和我们的生活融为了一体，有时候我们甚至无法分清是生活被微信化了，还是微信被我们生活化了，最后无论是好的还是坏的，都变成了我们自己的世界的一部分。而且，毋庸讳言，即便不是微信，也会有别的什么东西会继续影响和改变我们。世界在变，我们在变，我们的改变又继续改变这个世界，我们和这个世界注定就是这样互相看不惯但又不得不在一起的冤家。

再见，小贝

　　小贝是一辆汽车，我的第二台车。在此之前，我决计要拥有一台和别人不太一样的车，但又要负担得起——大多数的年轻人应该都有这样的计划吧，既然无法超越，那就标新立异一点。反正小贝作为旅行车就这样出现在我的视野里。

　　其实我想要一台白色的，干净大方。4S店美艳的销售小姐皱起眉头，在电脑里搜索，为难地说，符合您交车时间的只有一台海贝灰了。海贝灰是什么颜色？她带我在展示厅转了一圈，可是没有找到，于是为难地说，海贝灰嘛，你想象一下，总归不难看的。

　　我急切地想要这台旅行车，好久都没有如此渴望什么东西了，不可遏制，于是我说好吧。

　　海贝灰的车到了，没有让我失望，真是与众不同的车，还有与众不同的颜色。我此后开着它在城市里走，几乎没有看过同样的颜色，于是更加感觉它的与众不同。朋友开着同款的白色SUV跟在我的后面，我的车更加轻灵，加速，轻巧地避开前方的车，有漂移的感觉。后视镜里能感觉后方朋友在说，嘚瑟。新车上手，嘚瑟就嘚瑟呗。

没想到小贝陪我度过的，是最无法嘚瑟的三年。一年是反复考虑，决定离开让我进退失据的前东家；两年时间从零开始打拼，艰难维持自己的声望和尊严。

最初我把孩子们的照片做成一个可以转动的玻璃立方，放在驾驶台上，让我触目之处就能看到她们可爱的脸庞。可是她们本身其实也不那么可爱，一上车就要玩我的手机，连上车上的蓝牙，听音乐。那时候我手机上最多的是汪峰和许巍的歌，她们一边跟着哼，一边把座椅上踢得全是脚印。她们在的时候，我就沦落为一名司机，一名敢怒不敢言的司机。她们总是争着要坐在副驾驶位子上，因为可以更好地控制我这个司机，我也乐得如此，生气了或者高兴了就可以随手捏一把她们的脸蛋，然后她们生气地给我留下更多的脚印。

玻璃立方最后还是撤下来了，因为说是尖锐物品，急停急转时有伤人的危险。可是我很少急停急转，我想拥有一台不一样的车，那只是外表，我更享受的是小心翼翼地驾驶它，然后静静地听音乐。我并没有那么具有侵略性。这和造成我工作中进退失据几乎是一样的原因，大多数人觉得你很进取，只有你自己想要安静地躲避——我终于决定要离开那家公司。

离开的那一天，我几乎用慢动作收拾好属于自己的物品。东西并不多，八年时间里用过的三四个杯子，几张装框或没装框的奖状，还有6-sigma的绿带。我像港台剧里那些离职的职员一样，把它们装进一只纸箱，然后抱起它去和一些人告别。不是周一，办公室里面空荡荡的，在电梯口有几位别的部门的同事送我，我微笑地向他们挥手告别，直到电梯门关上，然后从九楼一直坠落到一楼。

小贝懂我的忧伤，它正对着正门，安静地看着我从这座工作了八年的大楼里捧着纸箱走出来。往常我总是背着包，接着没完没了的电话走出来。今天什么都没有，只有一只半空的纸箱。我把手机调成摄影状态，放在前挡玻璃前，车子缓慢发动，缓慢离开，收音机里放着悲伤的音乐，就这样，慢慢离开。

新公司停车场并没有和小贝一样的车，不只是型号不一样，就连颜色也没有一样的。

最初的几个月，我每天都是一个人坐在空空的办公室里，打电话，回邮件，因为不可以出差。每天我都是八点准时到，下午五点准时离开，无须向谁报到，也无须向谁告别，只有门口保安用疑惑或释然的眼神反馈一些他对于我放在挡风玻璃前的新停车证的验证结论。

事情并不顺利，前东家发律师函到我家里——是的，他们没有我的新地址，但有我家里的地址。接到律师函的那一晚我整夜失眠，我觉得他们应该把这样的函件发到公司，而不是用来吓唬我和我的家人。但他们这样做了，我也没有办法，第二天早上，我强颜欢笑出门，然后疲惫地一如既往地开车去那空空的办公室。

我一边开车一边回想，是什么触发了这封律师函，是九月在台湾和前同事的一次邂逅？他满脸堆笑，要了一张我的新名片，并祝贺我有新的开始。是前天参加会议时突然撞上以前的大老板？我很尊重他，一如既往，尽管没有上下级关系了，我还是垂手接受了他十分钟的询问。算上日子，几乎是我们见面的当天，他就通知法务发出这封函的。那么好吧，一切都清楚了。

红绿灯由红转黄的时候，我踩油门启动，一辆助动车急急忙忙地冲过来，我的汽车启动了它传说已久的自动刹车功能，毫无预料的紧急刹车，我身体前冲，幸好有安全带的制约才让我的脑袋没有撞上前挡玻璃。

安全带？突然记起加入前一家公司的第一天，和同事坐车出去吃饭，后排一位同事提醒我系安全带。他说，小心哦，在我们公司业绩不好不会开掉你，如果不系安全带，那么就可以随时开掉你。

我很听话，从来都是一上车就系好安全带的。

与过去决裂并不困难，我有一千种办法对付被视为对手的人，可是对新的未来却毫无信心。我知道只要努力，时间会改变一切，但承受时间的煎熬却是如此痛苦。我写了四篇《鸡同鸭讲》，反复地说，小心翼翼地说，你们之所以和我相左，是因为我看到了一个更好的未来，而你们没有。

有段时间，我每天早上驾驶小贝去上班的路上，都要循环播放两首歌，刘欢的《好汉歌》，还有南征北战的《我的天空》。关上车门，如李宗盛说的，"我为王在我的国度"。这是我给自己打鸡血的时间，似乎如果没有这样的仪式，我很难能鼓起勇气走进空空如也的办公室。

能让我鼓起勇气还有别的办法，那就是开车离开上海，随便待在什么地方，和熟悉的朋友在一起，然后认识一些陌生人。不在办公室而在外地，让人感到一种莫名的充实，似乎看到事情正在慢慢好转起来。

为了防止在高速上打瞌睡，我尝试了各种方式，比如听很大声的音乐，比如突然掐自己大腿，比如深呼吸，可是都没有大声歌唱效果好。苗炜的小说名字叫《走夜路请放声歌唱》，在困顿中我也需要放声歌唱。上沪宁高速，然后唱"起来，不愿意做奴隶的人们"，到阳澄湖服务区下来，休息喝水，然后再回到高速，唱"大河向东流"。声音尖厉，我感觉小贝似乎在偷偷笑我，我于是猛踩一脚油门，它就嗷一嗓子蹿出老远。

在浙江我开车比较小心翼翼。一进入浙江，我就感觉四周布满了警惕凌厉的眼睛。可是即便如此小心，还是着了道，连续两年在浙江超速50%。我百思不得其解，查记录，超速发生在同一地方，那里限速每小时60公里！可是上一个路段不是还在限速每小时80公里吗？真是防不胜防，范伟说。

开车到江苏我就比较笃定，朋友拍胸脯跟我说，别出事故就行。他的车4.7升的排量，有一个晚上他非要和我换车开，大概觉得没有开过这么小众的车要试一试，我开着他的大车跟在后面，看着小贝在前面，很怪异的感受，和酒后代驾时坐在副驾驶位子上的感觉很像。又有一天，我和这位朋友一起开车出发，我决定挑战他的4.7升，一出院子门就加速，朋友很快就反应过来，在后面加速迅速超过去，得意地踩刹车灯向我示威。小贝对此毫无办法。我也没有办法。现实就是这么残酷，做不到的事情，真的就做不到呢。

转眼小女儿就长大了，长大的一个标志就是出门不再愿意坐在妈妈的腿上——全家人出门的时候，总是少她一个座位。我问她怎么办，她说必须有自己的座位，我很高兴她意识到位子的重要性，但对于换掉小贝没有心理准备。有一个星期天早上，我陪她散步，她带我走到一台大车面前，说，这辆应该坐得下吧。我说应该可以。她命令道，那么，你也快点换一辆这样的大车吧。

小孩子的世界是没有权衡的。她们不知道换一辆车需要许多现实的考量，我觉得自己的决策力受到了强有力的挑战。我带她去车展，她喜欢几乎每一辆车，要求我为她拍照合影，但是最后她还是要求我看看那些所谓比较大的车。

我回到最初的那家4S店。几年过去，美艳的女销售已经不在了，接待我的是一位诚恳的男销售，他很快发现我女儿才是真正的买家，于是殷勤地递上可乐和仙贝饼干，女儿只给我选择颜色的机会。回家路上，我有些拿不定主意，问坐在后排座的女儿，就这么决定了吗？女儿说我觉得很好啊，出门的时候，每个人都有自己的座位。她很高兴我带她来选车，她也很满意自己的决定。

我没有她那么坚决。换新车就意味着要送别小贝了，虽然这是早晚的事情。Angela说，就是一台机器啊。女儿们吃早饭的时候，我征询她们的意见，说今天用小贝送你们上学吧，跟它告个别。老大说，小贝是车，不会说话告别的；小的说，是啊是啊。我很伤心，放下钥匙回房间。姐妹俩大声地在外面商量，爸爸好像不打算送我们了。另一个说，要么我们就和小贝告个别吧。一会儿小的来敲门，爸爸，你代我们给小贝告别吧。

送小贝回4S店，办换新车的手续。男销售过来跟我说，你要的棕色内饰没有了，有琥珀色的。我问什么是琥珀色？他于是带我在4S店里转了一大圈，可是没有琥珀色的。他为难地跟我说，琥珀色嘛，你想象一下，总归不难看的。

我说随便吧。落地窗外静静地停着我那台海贝灰的车，小贝很安静，可是它已经不属于我了。我默默地跟它告别，就像告别一位老朋友，一位好兄弟。

第二章

青春，黄河之水天上来

灌篮高手

高二开学的时候，宿管老师领进来一个新的住校生，瘦削修长的个子，笨重的校服穿在他身上，居然很合身。他笑嘻嘻地和我们打招呼，他说他叫Ming。

和我们住在一起的还有另外两个北京本地学生，这两人似乎熟识，自顾自打着厚重的京腔聊天，或者戴着耳机听随身听，我们搭不上话。

Ming则很活泼，他爸爸还在帮他整理床铺的时候他就有些迫不及待想要和我们打招呼，一直在那儿龇牙咧嘴地催他爸爸。收拾得差不多了，他爸爸还打算叮嘱一番，就被他笑着推着走了，一边走，他爸爸还一边不放心地回头看床铺收拾妥当没有。送走他爸爸，Ming大马金刀地坐在自己铺上，兴致勃勃地问："你们有喜欢打篮球的吗？我看学校篮球场空着的。"

原来如此。恰好老周也喜欢打篮球，两人当即一拍即合，丁零哐当拍着球下楼去了。

我们后来才知道，Ming家住得虽然有点远，但其实用不着住校。那时候他喜欢一个同班女生，不好意思表白，那时候流行《灌篮高手》，他打算走樱木花道的路子来引起这位女生的注意，住校的话就有大把的时间可以练习篮球了。他于是和家里人提出想住校，这样可以把路上节省的时间用来好好学习，这个理由让人实在无法拒绝，他爸爸立马表示支持。

住校生需要早起跑步。Ming跟体育老师建议把跑步换成打篮球，说反正都是锻炼身体，体育老师居然准了。于是，当我们一群人跑圈的时候，Ming就一个人在那儿优哉游哉地打篮球，看我们呼哧呼哧地跑过去，他还会比个剪刀手得意扬扬地做个鬼脸。

每天傍晚放学后操场一片寂静，我们就和Ming一起打篮球，或者捧着搪瓷盆一边吃饭一边看他投篮。《灌篮高手》里安西老师给樱木花道的特训是每天投球一万次，Ming深以为然，每天给自己加量。天黑了我们进自习教室学习，他总是姗姗来迟，拎着书包讪笑着从后门闪进来，坐在最角落的位子上。有几次他坐在那儿十分认真的样子，我们走近一看，原来他正在钻研《灌篮高手》。

有天晚上他提出带我们去"稻香村"吃北京小吃，说要让我们见识见识北京的美味。已经忘了吃了些什么，只记得Ming不停地往返上菜的窗口和饭桌，把不同的美食端过来，却一直没闲暇停下来吃一口。北京小吃好吃啊，每上一盘，我们几个人就将之一扫而光，后来老周提醒说："人家Ming还一筷子都没吃过呢！"我们才面面相觑，感到十分不好意思，正好Ming笑嘻嘻地端了一盘小吃过来，于是我们一起把他摁在凳子上坐下，他有些莫名其妙，但还是很开心地吃起来，一边吃一边招呼我们也赶紧吃。

晚自习的时候Ming大部分时间都是很老实的，他人很聪明，作业一会儿就做完了。他一直很好奇，问你们为什么要做作业以外的习题呢，居然还要提前预习功课？后来想了想说，大概你们要笨鸟先飞吧！他这只"聪明鸟"说完这句话之后就把脚搭到课桌上开始休息了，其实也不算休息，因为他又在钻研《灌篮高手》了。

Ming每周末回家一次，周日返校后就会给我们带吃的，另外就是带来新的一期《灌篮高手》。他看完之后，我们也拿来看。看完之后我们围坐在一起分享：Ming说他心仪的那位女生给他的感觉好像晴子一样，他又取笑老周打球像赤木刚宪一样粗鲁。我否定他，说你这么帅，怎么着也是流川枫啊，哪有樱木花道那么笨。Ming对这个说法深感受用，他说自己空有流川枫的外形，但是长了一颗樱木花道的心。大家对这个结论一致赞同，丝毫没有不适感，因为Ming的确又高又帅。

Ming其实已经和那个心仪的女孩子做同学有三年多了，从初中起就在一个班。我们笑他不够勇敢，每次Ming都只好讪笑着应付。有一天宿舍里只有我和Ming，他突然塞给我两张照片，叮嘱我要好好保管。原来是那个女孩子的照片，Ming厚着脸皮找人家要到的，自己保管吧怕管不住要经常拿出来看，带回家又怕被爸妈发现，只好求助我帮忙。Ming把照片交给我，慎重地要我一定放到一个他也找不到的地方，等他练好篮球得到那位女生芳心后再还给他。我答应他好好保管，郑重其事地把照片夹在了一本厚厚的小说里。

有时候能在课间的时候遇到Ming和那位女生在一起。他俩在同一个班级，读高一，女生长得清秀苗条，和Ming站在一起挺般配。学校里有一个小花园，课间的时候那位女生和别的女同学一起到花园散步，而Ming必定在三步开外若即若离地跟着，碰到我们擦肩而过，他必定要讪笑着装作若无其事。这真是一个秘密，一个只有那女生不知道的秘密，整个学校谁不知道Ming喜欢她呢！

晚自习累了我们也一起到学校花园里面休息，说起白天他当跟屁虫的事情，Ming自然是百般解释，打死不认账，我们也无可奈何。花园中间，退休的老校长建了一个亭子，纪念古代的数学家，叫祖冲之亭。我们在亭子里说笑，Ming就岔开话题，故意问："你们觉得这个亭子是叫'祖冲之'亭，还是叫'祖冲'之亭呢？"我们用京骂回他，说："你看不见亭子上面的圆周率吗？"提起圆周率，Ming反而更来劲了，和老周比赛看谁背下来的位数多。他的记忆力超级好，刚开始几天老周还能应付，但是

Ming越背越起劲，渐渐就可以背到一百来位了，老周只好放弃。背圆周率的事情让Ming得意了好几天，有一天课间，我们看到他带着一群女生，围坐在亭子四周，听他背圆周率，当然，那位他心仪的女生自然在列。

Ming的篮球技术提升得实在太快了，到了第二年春天，日本鹿儿岛的一所中学前来交流，他居然被召进学校篮球队参加比赛。为了这件事，Ming足足得意了好几天，设想了上场后一鸣惊人的N种计划，N是他的口头禅，表示很多的意思。比赛那天，早就有好事的人跑去把那位女生骗到篮球场边上来，等着给Ming捧场。那天校队的教练并不像是安西教练一样善解人意，他觉得涉及国际问题，自然要全力争胜，于是派上了高年级的主力。哪怕Ming进步很快，可是跟更加强壮高大的前辈们比起来，他只能老老实实地等在下面坐板凳。我们替他着急，他自己心思估计完全不在比赛输赢上了，只是着急要上场。高年级球员比较给力，这场比赛的垃圾时间到了，Ming终于被老师派上了场。我们跑到那位女生边上，一起夸张地起哄，只要Ming拿球我们必然大声喝彩，啧啧有声。忘了那场比赛Ming是否得分了，不过他认为自己还是风光得不得了，之后再在一起打球总是以校队主力自居。

一个假日，Ming邀请我们去他家住了几天，每天并不出门，窝在他家里打游戏。那是我第一次玩电脑游戏，游戏是当时很火的一款RPG游戏《仙剑奇侠传》。Ming对于这种东西有一种天然的悟性，眼睛快，手也快，玩得特别出色，让我们很羡慕。他很快就把我们教会了，然后把电脑让给我们玩，他自己则在一旁兴致勃勃地观战指导，遇到有些难度的地方我们过不去，他还故意卖个关子，说你们先想一想，把他当初在自习教室丢掉的面子全找回去了。Ming的妈妈很严厉，不时过来督促我们早点睡觉，每当他妈妈推门进来，Ming总是立马严肃起来，督促我们好好打游戏，一副做指导的样子。我们待在他家里直到游戏通关才走。从此之后我们和Ming的聊天又多了一个话题，那就是《仙剑》，他认为自己是李逍遥，并认为最喜欢赵灵儿，我们提醒说赵灵儿结局不太好，他立马呸我们。

我们待在一起的大部分时间还是放学后一起打篮球。他那时候篮球技术已经进步到和我们拉开明显差距的程度了，打比赛的时候一般把他算作是两个人，他熟练自如地带球、过人，换着花样将球送进篮筐。那时候的《灌篮高手》也看完了，樱木花道最后和湘北高中一起打进了全国的决赛。一个星期天的下午，Ming来校比平时要早，我提议去打球，他和往常没有什么不同，立马答应。我们在球场上玩了好几个小时，天快黑的时候我们筋疲力尽，坐到操场边看台上去休息。晚风轻轻吹过高高的看台台阶，我们坐在最高一级台阶上，Ming突然说："告诉你一件事情，我爸去世了。"我吓一跳，前不久在他家里玩游戏的时候，他爸爸还一直忙前忙后地给我们准备吃的喝的，他是很温和的一个人，话不多，每次Ming返校几乎都要跟着来，来的时候一边收拾东西一边和我们聊几句天。我还在震惊中，一句话都说不出来，Ming却突然变得笑嘻嘻的："你不用安慰我，他去世了就去世了，得的是癌症，也没有什么办法。"我问："那你和你妈妈怎么办？"他有些沉默，想了一下才说："我妈脾气不好，以后我得听话一点了。"那天后来我们都没说话，坐在那里直到很晚才回宿舍。

不知道后来Ming和那位女生到底是成了还是没成。我和老周几个人在三年级第二学期快要结束的时候就要离开北京了。临走的时候，Ming特地把《仙剑奇侠传》的音乐录了一个磁带送给我，那里面有我最喜欢的《蝶恋》和他偏爱的《比武招亲》——因为后者比较热闹。这个磁带我后来听了无数次，直到有一次随身听把磁带里的带子绞在了一起。那一盘磁带的音乐制作是很用心的，电子乐十分悦耳，旋律也很优美，每次听的时候都会想起Ming和那位女生的故事。送我磁带的那天，Ming告诉我，他妈妈已经给他设定了考清华大学的目标了，估计以后游戏也不让玩了。他又说，你们走了之后，今后打篮球也不知道能和谁一起打了。

我在大一结束之后的那个暑假还去过一次北京，按照Ming提前在信上给我的指示，从北京西客站上车顺利到达了他在石景山的家。这次他家里少了一个人，只有他妈妈和他，另外还有一个帮佣的远房亲戚。我到达的那天，他得意扬扬地告诉我，他已经考上了清华大学。他妈妈却不太满意他的专业，第二天带着他到学校去报到，晚上回来说帮他把专业调换了。Ming对此无可奈何，跟我说，不想让他妈妈生气，索性就不顶嘴了。

待在一起的那几天还是在一起玩游戏，我们一起重新玩了一遍《仙剑》，后来他又介绍自己正在玩的游戏给我看，是《金庸群侠传》，那个新游戏还没玩到通关我就返沪了，后来在上海的宿舍里自己一个人重新玩了一遍。那一次Ming到公交站送我上车，很认真地和我挥手说再见。之后听人说他从清华毕业去了美国，但我们再也没有联系过。

我们所关心的故事在最后一次和他见面的时候已经看出了端倪。他去学校报到那天，我一个人在他家里，接到了一位女子的电话，报出来的正是那位女生的名字。晚上Ming回来之后立马回她电话，一个人关在屋子里唧唧咕咕聊了个把小时，再出来的时候笑嘻嘻一脸得意的样子。看来晴子终于决定和樱木花道走在一起了。

再后来，2013年我回去参加校庆，学校已经大变样了，原来的篮球场已经没有了，而我们经常闲坐的祖冲之亭也移了位置，样式也变掉了，只剩下顶上四周的圆周率数字还在。我想起了Ming当年站在那里背圆周率时得意扬扬的样子，不知道他如今是否安好，是否会绽放那样简单明亮的笑容？一路平安，我们的灌篮高手！

梦里依稀小白楼

　　七月底到青岛开会，居然碰上晓亮。开会时他坐在我的旁边，开着电脑时不时处理一下邮件，偶尔溜出去打两个电话，会议每个项目需要做决议的时候，他总能适时地举手或者不举手，还是以前那一副认真的模样。晓亮是我的师弟，我们都是师从古宏晨教授，他比我后进纳米中心，我当时做的还是传统的高分子复合材料，而他则跟着古老师钻研比较前沿的纳米生物课题。在实验室的时候我们就很要好，晓亮人长得帅，又没有通常意义上的博士那样学究气，因此很讨大家喜欢，在整个实验室是人见人爱。

　　会议只一天就结束了，我们几个朋友约着晚饭一起去吃海鲜喝啤酒。原浆啤酒口感好，喝到嘴里醇厚又微微有些甜意，加之海鲜又好，我们很快就醉了。晓亮坐在我的对面，即使醉了，仍然保持着他动作很慢但是幅度很大的习惯，和大家一起说着彼此工作中开心或者不开心的事情。我是2005年毕业离开纳米中心实验室的，中间十年我们没有见过面，只是在过年节的时候短消息相互问候一下，十年后一见面就能坐下来敞开胸怀喝酒，不得不说同窗情谊是一件神奇的东西。晓亮也明显胖了许多，眼睛没有记忆中那么大了，不过眉眼之间的神情则一点都没有变化，说话的时候，眼睛很认真地看着对方，哪怕是开玩笑都是一副认真的样子。那个晚上我们都喝断片了，也不记得都说了些什么，吃完饭几个人勾肩搭背沿着街边慢慢趔趄着走回去。

那个晚上如果我们吃完饭就回去的话就没有后面发生的事情了，留下的估计只是一次平凡的久别重逢而已。我们快到酒店的时候被一家酒吧的招牌吸引了，然后几名醉汉一致决定要进去再喝一场。第二场酒往往是一场灾难的开始，进去之后我们散开各自找乐子，晓亮和他的同事选择继续坐下来喝酒谈心，我和钱总打了一会儿台球觉得口渴于是扔下他一个人坐到吧台边找水喝。现在想想，那时候应该已经喝多了。大概是因为对乐队的演唱非常不满意，我要求他们唱点熟悉的歌曲，可是那几位菲律宾人笑嘻嘻的，也不知道是答应还是不答应，过一会儿他们唱完几首英文歌撂下家伙就跑到旁边喝酒去了。这让我十分恼火，当时就要砸场子，这时候过来两个五大三粗的穿黑衣服的人，推推搡搡之间我就从高高的椅子上摔下来了，眼镜也不知道掉到什么地方去了。晓亮跑过来把我扶到一边椅子上坐下，那时候我的意识很模糊，一个劲儿嘟哝眼镜不见了，晓亮跑过去捡到了一副，我戴着觉得不对劲说不是我的，于是他跑过去在地上重新捡了一副，这次是我的。晓亮让服务员给我倒了一杯水，喝下去我的情绪才稍微稳定了下来。

后来我决定要去外面安静一下，一个人出去坐在门口高高的台阶上，七月底的深夜，青岛的夜风凉凉的，酒劲终于一点一点下去了。中间的时候晓亮还不放心，跑出来看我，有一次还在我旁边坐了下来，被我赶回去喝酒了。

第二天早上醒来的时候我才发现腰痛得像断了一样。最近几年不知怎么回事，大概是压力太大的缘故，一喝酒就容易醉，喝醉了就要闹点事，第二天醒来总是有些后悔或者后怕的。那天早上我躺在床上后怕了半晌，腰痛到根本爬不起床，不过眼镜和钱包都还在。看到眼镜我想起晓亮，昨晚他大概也喝醉了，即使在那样醉的状态下居然还能从黑灯瞎火的酒吧地上帮我把眼镜找回来，真是奇迹。当时我从高高的椅子上摔下来，眼镜也不见了，脑子里几乎是空白，晓亮把我扶起来，然后帮我找回眼镜，有什么能比这更让人感动呢？这让我想起，这和当年我们穿着白大褂在实验室做实验时，彼此顺手递过去一个玻璃烧瓶一样自然，并没有什么两样。

我们当年做实验的实验室，其实只是一栋两层的板房，因为四周的墙都是白色的复合板，被我们戏称为"小白楼"。当年上海交大请古宏晨教授从华东理工到这里工作，临时又很难在寸土寸金的徐汇校区里找到足够大的地方做实验室，于是就在学校围墙边的空地上搭起了这样四四方方的一幢两层的小白楼作为新成立的纳米中心的实验室。在这里我度过了难忘的三年时光。

古宏晨教授是华东化工学院（现华东理工大学）前校长陈敏恒教授的嫡传弟子，博士还未毕业已经开始参与领导成立超细粉末国家重点实验室，也是这一课题项目的国家"863计划"的专家组成员，年纪轻轻就已经是我们国家纳米学界领军的人物。我在本科毕业时得知有机会读古老师的研究生，十分兴奋。那时候我还保留了儿时的梦想，十分向往成为一位科学家。后来事实证明，我离科学家最近的时候就是在大学校园里，古老师，还有后来成为中科院院士的颜德岳教授，以及奉古老师之命接待的从美国佐治亚理工来中国讲学的王中林教授，都是在各自领域赫赫有名的科学家。

古老师是我见过的最勤奋的教授。那时候我有幸帮他打理一些收集技术和市场信息的事务，经常到纳米中心在徐汇校区"中院"二楼办公室上网查资料到深夜。古老师只要不出差，总是吃完晚饭就过来了，一个人坐在他的办公室里看文献学习，有时候有好的文章他还会复印下来交给我们看。他每个晚上总是要在那里坐上三四个小时，我走的时候他那里总是亮着灯。他并不总是如此安静，大多时候他其实是一个十分健谈的人，而且特别有讲话的技巧，总是能够把一个复杂的问题讲得浅显、有趣，让听的人像听一个家常的事情，如沐春风。这大概是他们那一代学者拥有的一个特质，见识多，看得深也看得远，而且对青年人有足够的耐心，尽管很低调，和颜悦色的，但是谈话之间就能够把整个房间所有人的注意力吸引过去。

我读的其实是古老师的博士生，后来因为兴趣的原因提前以硕士学位毕业了，不能不说是一个遗憾。而且这个提前毕业把很多问题都搞复杂了，比如实验室里面的辈分，如果我坚持读完博士，那么很多人都是我的师弟师妹，可是因为我没有读完，就很难担得起"师兄"这个名号。这一点包括对晓亮，还有对实验室里另外一个比我晚读博士的马老师，都是一个像绕口令一样令旁人不解的事情。我们算是同门师兄弟，可是既不是按照《笑傲江湖》里华山派那样按照入门先后排序，也不是按照传统意义的长幼次序来排班，只能是一本糊涂账。这本糊涂账里，只有一个人的辈分清晰不可动摇，那就是我们的大师兄，顾师兄。顾师兄入门既早，是博士读了一半就跟着古老师来交大的，博士毕业也早，我还没毕业离他就已经开始读博士后了，是当之无愧的小白楼大师兄。

小白楼顾大师兄是个日子过得很细的极品师兄。过得很细说的是他对待每件事情，无论是工作还是生活，都抱着极为强大的研究精神，什么样的事情到了他的手上，他都能研究拆分得十分清楚。比如说我当初博士课题要用到"有限元"这样一个工具，顾师兄听说之后，立马能够和我聊上两个小时，谈的全是"有限元"的前世今生，无所不包，让你误认为他就是"有限元"专业毕业的。其实不是，他不过是曾经听到过"有限元"这个概念，然后马上投入精力研究了一番而已，这是一个兴趣广博、愿意钻研的典型。他的兴趣不仅仅在科研课题上。他得有一次他把我们师兄弟约到华理去玩，打网球的时候我发现，虽然他打得很少很生疏，可是一打起来动作就是有板有眼的，对站位、比赛规矩知道得一清二楚，让人不由得心生敬畏。

顾师兄面相斯文，喜穿白衬衣戴金边眼镜，是众所周知的小白楼"妇女之友"。每次我午饭后气喘吁吁爬上小白楼狭窄的楼梯走到二楼，一转角就能看到顾师兄在右边的测试室里和以何大姐为代表的妇女群众围坐一圈，边吃午饭边聊社会新闻。我那时候有点被当成小屁孩儿的感觉，无论如何都插不进这个午饭圈子，但是可以旁听。我已经忘了当时他们谈了些什么，但是基本上都是贴近人民群众生活的话题，在作为高级知识分子拥有博士学历的顾师兄的主持下，这些话题被推向纵深。大到国家大事，小到今天早上何大姐的电瓶车发生了故障这种事情，在这个圈子里都是值得被讨论一番的。顾师兄思维缜密，逻辑性强，往往能把这样小的事情讨论出新意来。顾师兄在各种频道上任意切换，不存在任何问题，有时候我对电瓶车的问题不感兴趣，想要顾师兄停下来给我的实验提点建议，他放下饭碗就能立马进入复合材料学的话题，扫描电镜等高端设备顿时把电瓶车挤得无影无踪。可以说，我那时候做的成功或者不成功的各种实验，都有顾师兄茶余饭后莅临视察并指导的影子，他的方法往往很具体，快准狠，让你怀疑他昨天晚上是不是刚刚研究过这个问题。

我一直以为顾师兄会在科学研究的道路上渐行渐远成就一份大业，但是我工作之后不久，他竟然出现在和我同一家公司的办公室里面，让人不得不感叹生活是如此现实，流连在各种科学问题里并保持旺盛兴趣的顾师兄也不得不出来挣钱养家。出现在办公室的顾师兄只不过是换了一套行头一个场所而已，第一次见到他的时候，他就和我讨论了足足一个小时关于石英坩埚的问题，让我有些感觉恍惚还在小白楼里并没有离开。后来有一次，我在工作上碰到一个技术问题，还是惯性地跑去找顾师兄解决，他立马帮我联系了纳米中心的实验室，带着我们部门的技术浩浩荡荡地开过去做了一次实验。他真是为科学而生的啊。

小白楼里并不只有一个师兄，在我刚加入小白楼的时候还有几位，不过他们大部分很快就出国深造去了，没给我留下什么印象，除了一位吴师兄。我到小白楼的第一天晚上他就在，当时他们三四个人在一起玩《帝国时代》的游戏，见到新人加入，他们便停下来兴高采烈地招呼我，后来知道我也会玩这个游戏，吴师兄当即就新建了游戏分给我一台电脑大家重新开始。吴师兄在学业上并没给我留下任何印象，但是在《帝国时代》这个游戏上则给我好好上了一课，让我知道做事情时有良好的计划性是多么重要。《帝国时代》是升级性的游戏，在游戏中利用挣到的资源可以为装备和角色进行升级，而吴师兄的战术是从一开始就派出闲散人员来骚扰你的基地，让你穷于应付。然后，当我好不容易升级进入到城堡时代准备大展宏图的时候，吴师兄指挥的帝王时代的重骑兵、投石车已经出现在你眼前开始攻城略地了，结果自然是被他摧枯拉朽地暴虐。

如此这般周而复始被吴师兄暴虐之后，我的游戏技巧直线上升，但是无论如何也赢不了他，直到有一次我偷偷站在他背后看他怎么打的，我才最终放弃在游戏这件事情上继续发展的希望。那一天我在吴师兄的屏幕上看到他指挥他的骑兵静静地围在我的城堡边上，看着我的农民在那儿气喘吁吁地种地，屏幕前的吴师兄也同样淡定，坐在电脑前静静看着这一切，静静等我升级完成再动手，以免胜之不武。我考虑了一下，然后坚定地决定退出游戏界。

是的，小白楼的夜晚其实就是这么有趣，只要导师不来检查，这里一到晚上就是一个欢乐的世界，人叫马嘶的。那个时候交大的内部局域网是非常好的，饮水思源BBS和内部资源库人满为患，当时的BBS和现在微信朋友圈一样热闹，内部资源库则汇聚了各种电视剧和电影，随时可以点播。记得有一个晚上，难得小白楼里面一个人都没有，窗外黑魆魆的令人有些害怕，我打开资源库打算看部电影，手贱点了周星驰的《整蛊专家》，准备一个人乐呵乐呵。可是事与愿违，开头的两个镜头就是一张鬼脸从屏幕上飘过去又飘过来，我的头顿时就炸了，如果用微镜头拍下来估计当时毛发是根根直立的。关掉电脑我看着窗外黑黢黢的夜色，心里盼望着师兄们赶紧过来。

师兄们，当然后来还有师弟师妹们，大多时候晚上都会跑到实验室里来的，以至于电脑前面人满为患。那些欢乐的时光里最奇葩的一次是吃螃蟹。有一年，古老师在中秋节的时候送了两大篓大闸蟹到实验室来，他大概忘了我们这些学生都是吃食堂自己不开火的。但是大闸蟹实在太诱人，晚上到实验室帮忙清扫的阿姨都着急催我们享用，还跑回去拿了姜丝和醋来，于是我们在顾师兄的带领之下决定好好研究一下大闸蟹这个问题。没有锅和灶台显然难不倒我们，我们最终决定用大烧杯当锅，加上水放在电加热器上加热，而且可以精确控制温度，让这些螃蟹分批进烧杯进行加工。估计那些螃蟹到死都没想通自己为什么不是死在锅里而是死在烧杯里，这样的事情大概只有在充满科学气氛的小白楼里才有吧？我们是顾不上螃蟹的感受的，反正烧杯里煮出来的螃蟹和锅里出来的并没有什么不同，我们大家一起站在试验台的周围吃得十分开心。

这样以小白楼为家快快乐乐过日子的时候毕竟不是全部，我们主要还是在这里做实验的。那时候我的第一个课题进行得并不成功，后来听导师的建议，开始做复合材料。和我同时进小白楼的一位姓郑的同学则如鱼得水，实验进行得风生水起。让我对他印象深刻的原因倒不是因为他的课题成果，而是他那种和顾师兄一样为科学而生的劲头。当然，除了这种劲头，郑同学相比顾师兄还是有区别的，在这栋小白楼里，他从不涉及生活和社会问题，只谈科学。他是从生物学院选来的，和我枯燥单调的复合材料实验完全不同，他展示出丰富多彩的话题性，经常能针对一个课题中的问题提出更多的问题，然后和一位姓高的女研究员滔滔不绝地探讨。那时候他俩经常坐在二楼电脑室一张桌子的两旁，我们来回经过的时候，他们都在聚精会神地探讨，而且我感觉只要不打断他们的话，他们可以保持那个坐姿一直探讨下去。这位姓郑的同学大概是福建人，口音很重，属于把"福州"念成"湖州"的那一种。我有一次特地聆听了他们谈的内容，小到实验装置的设计，大到行业内有关这个课题的进展和争鸣，都在他们探讨的范围之内，姓郑的同学用他的"胡建"口音把这些问题探讨得博大精深。后来这位姓郑的同学考上了国外的大学读博士去了，纳米中心科学上的繁荣顿时黯淡了不少。

　　小白楼科学上的繁荣，除了需要我们的导师古教授来支撑以外，平时帮忙操持业务的是徐宏老师。当初她坚定不移地跟随古老师来到交大，在实验室管理上不遗余力，在实际上帮助古老师督促各课题的进展。在我的课题上，徐老师是事实上的导师。我做复合材料以后，一直找不到方向，那时候我抱定要干一番大事业的想法，总想在学术上有所突破，但不过是眼高手低，事实上连前人的实验都无法重复出来。为了帮助我，徐老师帮我联系了闵行校区的模压机，亲自带我去做实验。我曾经在《积累是一种能力》这篇文章中详细地记述了那次试验，当模压出来的样品和我想象的不一样的时候，徐老师安慰我不要灰心，只要先把实验数据翔实地记录下来就好。那次失败得差点被我扔掉的实验数据最终成了我硕士毕业论文中最关键的一组数据，虽然没有设想的那样的突破性，但是这组数据坚实可靠。

这真是一次意外的收获，我在后面的人生过程中每次遇到困境想要放弃的时候就会想到徐老师当时认真做记录的样子。我有时候在想，导师的意义并不是真的要教给你什么东西，大多数的知识自己读书就能学到，导师是要引导你知道做事做学问的方法，从这个意义上说，徐老师的引导让我受益无穷，甚至比许多科学上天才般的创造带给我的影响要大得多。

小白楼后来承担的科研方向渐渐调整到生物医学上去了，古老师决定要把他毕生研究的纳米技术推向更加前沿的方向。中心后来陆陆续续来了很多学生物的师弟师妹，我因为要毕业的缘故，不再经常去小白楼了。后来关于小白楼的，最令我震惊的有两个消息，一个是崔陇兰师妹研究的课题取得了特别大的一个突破，发了一篇很牛的文章；再有一次就是听人说实验室的马老师患上了肿瘤，这在我们这个以诊断、治疗肿瘤为课题的研究中心不亚于投下了一颗原子弹，让这群站在肿瘤研究最前沿的科学家们感受到了人在肿瘤的威胁前面的渺小和无能。我偶尔办事情去交大，却再也没有进去，因为我害怕打开小白楼的门之后，看到的都是陌生的面孔。他们大概会用讶异的眼神看着我这个陌生人吧！

这次到青岛开会无意中碰到晓亮，仿佛帮我打开了一只珍藏着久远记忆的时光宝盒，许多记忆顿时扑面而来，让我一阵晕眩。晓亮告诉我，小白楼已经关掉了，古老师的纳米中心已经并入交大的Med-X中心了，课题组已经正式全面聚焦在纳米生物医学的领域。我小心翼翼地问起马老师的病情，问之前甚至有些担心会有不好的消息，没想到晓亮没心没肺地来了一句，"老马活得活蹦乱跳的呢"，我的心才终于放了下来。晓亮在微信上新建了一个"小白楼"的群，马老师果然活蹦乱跳地跳了出来。

八月份，《此时此刻，即是最好的时光》出版之后，我给马老师寄去了一本，不久就收到了他回赠的一本书，他自己写的《刀尖上的舞者》。这本书是马老师写的关于自己抗癌的十年的经历，他最终战胜了病魔，而且还读完了古老师的博士生，张杰校长和古宏晨教授为他的书做了序，并为马老师战胜癌症这件事感叹不已。我翻开这本书，马老师记录了小白楼里的点点滴滴，有些是我所知道的，大多数我并不清楚。我们那一批人，有幸在小白楼里一起生活了或短或长的时间，在彼此的生命里留下了或轻或重的印迹，无论怎样，我们都应该为这份缘分感到珍惜和庆幸。

小白楼也许已经没了，但是那并没有什么关系，在我们彼此的心里，它从来就没有消失过。

醉西塘

说起对西塘的印象，竟然只有一个"醉"字。

程度最深的醉有两次。2012年，"四浪"在西塘选址，打算建造一座客栈。"四浪"是四个人，阿健是老大，还有大山、阿Ken和马克，都是我们MBA的同班同学，虽然上课时个个正襟危坐，内心实则放浪形骸，所以自称"四浪"。那是我第一次到西塘，"四浪"选择的日子也是别有用心，是当时传得沸沸扬扬的玛雅"世界末日"，在"世界末日"放浪形骸，的确刺激而又吸引人。晚饭的时候，阿健带我们去一名叫"光哥"的朋友的饭店里吃饭。光哥的饭店有两三间房子，中间一座小小的天井一般的院落。墙上挂着光哥和他的女朋友在各地旅行的照片，还有在各地搜罗的一些奇特的小玩意儿。光哥亲自掌厨，十几个人的一桌菜他干脆利落地就做好了，他也坐下来陪我们喝酒。光哥是个光头，瘦削的脸庞和瘦削的身材，他原来也是职场中人，混得不错，后来突然有一天就不干了，开始陪着女朋友满世界跑。光哥话很少，任由阿健调侃他的各种"事迹"，恬淡地微笑着给大家斟酒。那天喝的是白酒，什么酒已经忘了，只记得离开的时候光哥和他的女朋友倚门而立，挥手和我们说再见。我们走了好远回头看见他俩还站在那儿，守着那间饭店和院落，屋内的灯光把他们的影子投到临河的石头老街上，拉得老长老长的。

那晚陆陆续续有更多的同学到来，大家挤在阿健另外一个朋友的"无二"酒吧里喝酒唱歌。大家围坐在火塘边，炭火炽热，舞台很快被我们的同学占领了，阿健的歌手朋友只好讪讪然抱着吉他下来，挤到人堆里喝酒当起了看客。酒吧里嘈杂、欢欣鼓舞，虽然是冬天，但是感觉到很热，我们不停地喝着啤酒，很快就醉了。等到再清醒过来的时候，已经是凌晨，大山和阿Ken已经扶着我打算回客栈了。走过卧龙桥，清冷的风吹拂过来，我感到顿时清醒了不少。此时的西塘已经渐渐安静了下来，白天拥挤的老街上此时只有一些晚归的人形单影只，斑驳的灯火粼粼地映在河面上。阿Ken和大山帮我找到客栈，"砰砰"地拍门，好似强盗一般。第二天清晨，我在臭豆腐的气味和嘈杂的叫卖声中醒来，天地旋转，竟然不知身在何处。摸一摸，裤子和钱包都在，于是放下心来。从窗口看出去，此时的西塘恢复了摩肩接踵的拥挤，窗外老街上卖工艺品的、卖小吃的和客人们讨价还价，一股尘世的烟火气迎面扑来，昨夜的西塘竟然消失得无影无踪了。

去年在西塘竟然又大醉了一次。此时，"四浪"的大舍客栈已经建好两三年了，我偶尔会和朋友过去小住散心。去年我刚好换了新工作，一切全无头绪，有些心烦意乱，于是约上几位朋友去西塘喝酒。我们挑了临河的一家饭店，要了几个下酒的小菜。朋友平日酒量不行，那天晚上却执意和我叫板，于是在片刻的讨价还价之后，就开始了厮杀，直至天昏地暗。中场休息的时候，我们看着外面老街上熙熙攘攘的游人，此时夕阳西下，河水被染成了金黄色的模样，对面桥上的游人在阳光照射下看不清面孔，只剩了人头攒动的剪影和嘈杂无序的声音。把酒临风，此情此景，好没来由，我们竟然悲从中来，泪流满面。我想象自己也是桥上攒动的人头中的一员，在拥挤的人群中挤出一点空间来拍照，而另一个我此时正站在楼上凭栏而望，两个"我"此时如果恰好视线相交，对视之下，到底哪一个更真实呢？

当夜又是断片，就连何时付的酒钱，如何相扶相依下楼，都记不清了。只记得街上人很多，每经过一家酒吧门口都有不同的音乐声传出，有的嘈杂，有的安静，在一个酒醉的人的耳中听来，真可谓光怪陆离。那天直到深夜的时候酒才稍稍醒了一些。朋友提议去吃个夜宵。我们寻到一家临街的饭馆，又点了啤酒，用朋友的话说"喝个还魂酒"。此时大多数酒吧已经陆陆续续打烊了，我们从窗口望下去，街上零零星星走动着几个相互搀扶着的游人，酒吧老板们站在门口和几个不愿离去的客人送别，歌声已经没有了，整个西塘顿时安静和冷清了下来。我们看着窗下走过的骂骂咧咧的酒醉的人，不禁大笑，想象几个小时之前自己大概也是这副模样。

当然，也不是在西塘每次都是酩酊大醉。2013年平安夜，阿健和大山在他们的大舍客栈搞篝火晚会，很多同学都来了。大舍客栈在渡禅桥边，这里偏安西塘一隅，酒吧街上的声音只能若有若无地传到这里，但西塘的夜色却一点也没少。如果说西塘是一个世外桃源，那么大舍客栈恰好就是建在进入桃源的洞口边的一座后花园，出世入世全在你的一念之间。那天大山搞来了很多劈柴，我们在大舍的院子里烧起了篝火。我们围着篝火，吃着烤肉，喝着啤酒，偶尔抬眼望望寥落的星空，外面一片孤寂，而此间其乐融融，顿时觉得人生至乐也不过如此。大山要我作诗，我也不管什么平仄韵律，写道：

> 月满西塘且吟哦，
> 半城水色半城歌。
> 渡禅桥边花弄影，
> 大舍居里醉枕河。

西塘就是这样一个地方。西塘的白天是一个景点，一本正经地接纳着各地来的游人。但西塘的精彩只属于夜晚。夜游的客人大多来自上海，开车半个小时就到了，他们离开秩序井然的大城市，投入到这无序、嘈杂的西塘酒吧中来，得到片刻的解脱，所有的烦恼都暂时留在了几十公里之外的城市里。每一个迎面而来的年轻人，面孔都似曾相识，但是在这西塘老街斑驳的灯光下，每个人其实只是路人而已。你来或者不来，西塘都在那里。你来，西塘赠予你美酒和夜色，以及片刻的安宁。你走，西塘包容你的不辞而别。

所以，到西塘真的不需要那么清醒，而西塘也的确有一种魔力，能让你随兴而来，随兴而去，不必有任何负担和拘束。近两年每当烦心的时候我都过去大舍坐一坐，喝喝茶，大多时候仅仅是凭栏而望。喝醉的时候也有，但很少刻意，只是兴之所至而已。偶尔能碰上阿健，大部分时候他都闲云野鹤地到处跑，在全国各地见朋友。有的时候我在大舍的亭子里独坐，恰好看到阿健在西藏或者新疆发到朋友圈里的照片，想到"四浪"刚在西塘建造大舍时的种种前尘往事，时光交错之间不禁有些恍然。

醉西塘，醉的是过客，因这夜色和心事而醉。西塘却一直在那里，看人来熙熙，人去攘攘。

我为什么不喜欢纳达尔

顾名思义，我在网球场上是一名彻头彻尾的"奶粉"。

"费纳对决"一直是网球比赛主办方很仰赖的重要戏码，因为有了对立，便有了不同阵营的球迷，费纳双方的球迷如此众多，比赛也就有了票房保证。费德勒从2003年后得了绰号"奶牛"，他的拥趸于是叫作"奶粉"；纳达尔人称"纳豆"，他的球迷大概应该叫作"豆粉"。

最早认识费德勒，是在2002年的上海大师杯，说是认识，当然是在电视和广告上。那时候我连他的名字都记不住，总是把他和那时候风头正劲的费雷罗搞混，同时搞混的还有著名巧克力品牌费列罗。但是，2003年以后再说认不清费德勒就不太容易了，那一年他夺得温网冠军，并从下一年开始长期排名男子单打的第一名，人称"费天王"。

球迷有时候是很实际的，只会崇拜强者，尤其是费德勒这样的最强者。但费德勒的球迷也不尽然，大多数"奶粉"对于费德勒的喜爱似乎不仅仅因为比赛成绩，还可能是因为颜值。还是说回2002年上海大师杯，那是上海首次举办大师杯，因此宣传搞得特别隆重，网球大师们身着唐装在外滩合影的照片在上海的大街小巷到处都能看到，费德勒作为最年轻帅气的大师，在委顿的阿加西和凶狠的萨芬的衬托下，显得格外抢眼。也是从那个时候，我们才发现网球原来还可以这么打，不用那么世故圆滑，不用那么凶狠，甚至在比赛最胶着的时候都可以保持微笑、闲庭信步。从2003年底开始，这股优雅之风吹遍网坛，费德勒众望所归成为王者。

从技术的角度来看，费德勒的反手进攻是最出众的。当时比较流行的是双反，因为双反更稳定、更有力量，不容易失误还更容易得分。双反很实用，具有工兵气质，像武术中的格斗术，一招一式拘谨但又扎实。费德勒则是单反，他的单反大开大合，像极了中国武术的经典招式，潇洒飘逸，观之即有英武之气。多数球员在比分落后时，打反手球会选择暴力上旋的大斜线或者鸡贼的切削小球，我们看到费德勒很少会这么做，他会很坚定地反手抽球，绝不会胜之不武。如果你看到他在切削放网前的小球，那通常意味着他已经控制局面了，放个小球然后抿嘴调皮地一笑，让对手望球兴叹。

相比费德勒在球场上由内而外的优雅，纳达尔则像一头蛮牛，不停地冲击着费德勒的地位。实话实说，几乎所有的奶粉都不喜欢纳达尔，但会钦佩他的那股劲儿。纳达尔是奔跑和暴力上旋技术的代表，不知疲倦，但也好像完全不懂得收放之道。在奶粉们看来，纳达尔完全是费德勒的反义词：费德勒善于调节比赛节奏，纳达尔则不管不顾凶狠到底；费德勒抽球多，纳达尔坚持上旋；费德勒回球的时候很少将自己逼入绝境，纳达尔却经常在电视屏幕以外把球救回来（outside-in）；费德勒盘间休息的时候是一位安静的美男子，纳达尔则不停地和矿泉水瓶较劲；费德勒发球的时候干脆利落，静如处子动如脱兔，纳达尔则不，面色焦虑，不停地拉扯穿得过紧的球裤，让我们在电视屏幕这边都有浑身不自在的感觉。总之一句话，你在看费德勒比赛的时候是愉悦的、享受的，而在看纳达尔比赛的时候，赢球时充满着复仇的快感，输球时有着求之而不得的焦虑感。

纳达尔确实是当之无愧的红土之王，他所获得的15次大满贯冠军，有10次是在红土上完成的。红土场地球的运动方式比较特别，特别适合纳达尔的上旋球。而纳达尔独步天下的大滑步又是一门适合在红土上发挥的绝技。只要站上红土球场，纳达尔仿佛换了一个人似的，犹如虎入深林、狮子站上草原，睥睨天下，无所不能。因此在巴黎铁塔之下，他创下10冠、60连胜的佳绩。

纳达尔在球场上是锱铢必较的，他不放过每一次机会，也不原谅每一个失误。萨芬打球对输赢比较放任自流，失误了总能从球拍、球场、裁判身上找到原因和发泄口，纳达尔则只和自己较劲，把沮丧和不满全部放在自己身上，所以你很少看到他摔球拍，而是坐在那里满脸焦虑，不停地折腾球裤和矿泉水瓶，他把一口怨气独自咽下，再从下一拍更凶狠的击球上找补回来。他不停地奔跑，不停地复仇，让球场充满了一股煞气。

这股煞气和费德勒的优雅之气相爱相杀，从2005年起，没有了桑普拉斯和阿加西的网球场，只有费纳二人是主角。纳达尔的煞气遇到其他选手，一般是所向披靡，唯有碰到费德勒的时候才能被化为无形。看费纳对决的比赛，开始的时候纳达尔总是比平时更加莽撞，更加凶狠，费德勒则不疾不徐，有时候像安抚一头愤怒的狮子，有时候则像教训一名犯错的小孩，从不疾言厉色，但又能让纳达尔在大势已去的时候心悦诚服。

我为什么不喜欢纳达尔？从技术的角度上说，纳达尔的成功无法复制，无论是他每次击球时的要求之高，还是每次失误之后的纠结之深，都有"过而不及"之嫌，对自己和对别人有欠包容甚至过于残酷，这也就是他的王者之路总是因为伤病而断断续续的根本原因。从个人感受的角度来看，纳达尔所追求的道路目标明确、路径清晰，但过于功利。比如为了统治红土，他在侧滑技术上的改进到达巅峰，精益求精。在这样的信念支撑之下，他可以为了冠军而付出一切代价，流于偏执。相反，因为拥有更高的格局，费德勒几乎重新定义了网球这项运动的内涵，他并不认为比赛应该遵循最原始的"丛林规则"，表现在具体的比赛中，他因此能够进退有度、洒脱自由。

人生亦如球场，我们观看偶像们比赛，一来是为了享受精彩的竞赛，而更重要的，是期待看到偶像们展现一个更好的风范，带来一种更高的格局。这就是我之所以成为"奶粉"而远离纳达尔的根本原因。以我的观点来看，对于成功的评价，除了基于结果，其背后的格局应该是一个不能不考虑的因素吧！

我们为什么喜欢费德勒

先来破题。

自从上次写了一篇《我为什么不喜欢纳达尔》而被骂了之后，我就发现，在目前的语境里，很难表达一点个人意见，除非你人云亦云。所以，拉上一大帮人一起，看起来更保险一点，就算是有什么不同的意见，别人也很难找到具体的反击目标。我就是我，不一样的烟火，烟火一盆水就扑灭了；我们在一起，就是火焰山，威风凛凛的火焰山。

是的，喜欢费德勒的球迷本来就很多，绝不止我一个，这是一个现实。如果你到过球场，亲身感受一下费德勒打球，你就会发现"我们"岂止多，激动起来，那简直是永不熄灭的活火山，要把整座球场烤到熔化掉。相反，作为"你"或者"你们"，在有费德勒的球场里，那都是微不足道的一小撮，只能在黑暗的角落里小声嘀咕——费德勒就是这样，到哪里都是主场。

所以说，这样的题目不仅安全，而且威风，可以经得起在阳光下曝晒，可以点燃黑暗的角落。

我们接下来要重点解决掉"为什么"这件事。

我，以及我们，为什么要喜欢费德勒，而不是纳达尔，或者德约科维奇，又或者别的什么人？对不起，我们在谈费德勒的时候，仿佛天然就会提起纳达尔。有时候我觉得，几十年之后，纳达尔的球迷也许不会像现在这么愤怒。可是纳达尔的球迷总是难以思考"几十年后"的事情。对不起，这大概是我把纳达尔和纳达尔的球迷黑得最狠的一次，我的意思是说，纳达尔的球迷着眼于享受荷尔蒙和当下短暂的快感，但是纳达尔却难以提供给他们持久的营养。纳达尔是一位天才的球手，拿过很多大满贯赛事的冠军——虽然主要是来自法网这样他比较擅长的赛事——当然值得尊敬，可是对于费德勒的球迷而言，这些胜利过于缺少值得回味的东西。如果你不了解网球，我就拿篮球打个比方，科比·布莱恩特单场得分可以达到81分，可是今天人们还在谈论迈克尔·乔丹，这就是其中的道理，值得玩味。

我们喜欢费德勒到底是一种必然还是偶然？我觉得是必然的。就像我们喜欢鲁迅先生的文字，一百年过去了还在喜欢（似乎还有加深的趋势）。鲁迅写两棵树，他说"在我的后园，可以看见墙外有两株树，一株是枣树，还有一株也是枣树"。换成普通的人来写，比如我，可能会用一半不到的文字，"我家后园墙外有两棵枣树"这样的陈述句。鲁迅的句子，啰唆但不显得随意，反而郑重其事，懂得阅读的人自然能够领会其中的意味。同样是两棵树，我们的和鲁迅的本没有什么不同，可是鲁迅的树是"孤寂"而又"萧索"的，我们的树则仿佛是路旁马路上新栽的，给空旷的马路增添了一抹单薄的颜色，所谓"树矮墙新画不古"，大概就是这个意思。网球场上的费德勒也是凭借一己之力做到卓尔不群，除了人长得帅一点，费德勒使用的装备和击球的手法和普通的选手并没有太大的区别，但是费德勒的击球中透着那种睿智、优雅、坚定和美感，却是只有亲眼看到才能体会得到的。

我们之所以喜欢费德勒，当然还有别的原因。我们身边的什么人如果恰好像费德勒这么人帅钱多，我们就容易产生妒忌之心。但我们和费德勒的距离恰好有从观众席到球场中央那么远，或者从沙发到电视机屏幕那么远，这一段距离是基本上不可以被消除的，绝不会像到邻居家参观一下那么容易亲近，因此喜欢费德勒这件事无论对于费德勒还是对于我们自己都是安全的。距离产生美，我们眼中的费德勒，因为有了这一段距离，自然是美的。就算有什么不美好的地方，自然只有米尔卡负责，我们不用承担什么包袱。所以，我们喜欢费德勒，既不会产生妒忌之心，双方又倍感轻松，何乐而不为呢？

记得以前看过一句话，"美和娱乐才是人类进步的动力"，这句话在我脑海里存在的时间既久，留下的印象也深，但不幸的是我却忘掉了它的出处。偶像，尤其是优质偶像，一定可以同时提供这两种东西。费德勒之所以成为我们的偶像，是因为他在球场内外的表现，让我们既感受到了风度之美，也被他的形象和球技所愉悦。经过勤奋的练习，我们——比如纳达尔——或许可以在球场上击败费德勒，但是他的风度却很难被模仿，从未被超越。从这个意义上说起来，不知道纳达尔的球迷在面对我们的时候，心情能否轻松一点，因为风度也是一种很重要的东西。

为了让你不至于觉得我写这篇文章过于针对纳达尔，我想分享一下我对于纳达尔最新的感受。这几天，上海正在举办ATP大师赛，我在球场上亲眼看到了纳达尔打球。他仍然还是很纠结，喝完水一定要摆正瓶子，走过底线作接球准备时一定要走直角，发球时一定要撸一遍头发抓一遍屁股，但是他对对手的风度却有了很大的改善。他的眼神没有以前那么凶狠，甚至有不少笑容，开场热身时居然还会提醒球童给对方足够的球来练习，这些细节才是一位世界排名第一的球手应该有的东西，他以前也许忽略了，现在则开始变得更好。据说，他最近两年和费德勒走得很近，甚至搭档参加了费德勒组织的"拉沃尔杯"纪念赛，报上说，他向费德勒请教的最多的问题就是如何变得更好。

人都是会变的，如果偶像可以让我们变好，这正是我们喜欢他们的最重要的原因。我们喜欢费德勒，正是因为他会让我们，让世界，变得更好。反过来，我们理所当然地希望他多赢球，因为这样，他才可以待在球场上久一点，我们也能多喜欢一段时间。

Di Li Li Li Da Da

　　李宗盛曾经说，流行音乐是一个时代的审美。忘了是汪峰还是李健，也曾经说过类似的话，在一个综艺节目上，告诫新生代的话说，我们做音乐的人，最要感谢的是这个时代审美的变化，有一天大众的审美趣味找到我们了，我们自然就红了。

　　如果许巍在二十年前听到过这句话，他也许就不会苦闷到患上抑郁症。在20世纪八九十年代"四大天王"占据头条的那些时候，很多玩音乐的人只能躲在地下室里用功。那英回忆说，那时候她不知道唱什么歌才能红，酒吧里有演出机会的时候就去唱歌挣生活费，剩下大把无聊的时间，于是在租住的简陋的房间里脱光衣服，一边蹦跳一边大声歌唱。如今我们看《中国好声音》，那英已经是资深导师了，那种情景是无论如何都想象不出来的。

　　然而我相信那一定是真事。20世纪90年代末，许巍北漂好几年了都没能得到"时代审美的青睐"的，于是回到西安，闭门不出，精神萎靡不振。妻子袁枫只能停下工作来照料他，为了让许巍康复，袁枫甚至请来知交好友臧天朔到西安来专门陪他。于是袁枫每天买菜做饭，臧天朔和他的乐队则跟许巍一起玩音乐，直到许巍最后拾起信心重新回到北京。这段逸事后来被许巍的乐迷们反复提起，包括我在内，每次都感动不已。

那张让许巍转运的专辑是2000年发行的《那一年》，在今天看来，其实并不比第一张专辑《在别处》更加优秀。但是这大概就是李宗盛说的时代的审美吧，2000年，80后们进入20岁，他们开始抛弃张楚们的嘶喊和绝望，而欣赏更加温和进取的许巍。

在《故乡》中，许巍唱道：天边夕阳再次映上我的脸庞，再次映着我那不安的心，这是什么地方依然如此的荒凉，那无尽的旅程如此漫长。记得我在十八九岁的时候，某个傍晚，我乘坐的汽车经过漫长的颠簸终于在故乡停下来，我提着行李满眼狐疑地看着脚下的这座小镇，奇怪小时候怎么会觉得这里那么高大广阔。那时候的我，对未来有无尽的憧憬，离故乡愈来愈远，直到有一天她以一种矮小、简陋的面目重新出现在我的视线里。

工作之余，和朋友们去唱歌，总会选择《蓝莲花》，前奏很短，第一句就是"没有什么能够阻挡"，特别符合自己当时觉得一切皆有可为的心境。一场卡拉OK，这首歌总会被重复点播，我们乐此不疲。彼时的我们，喜欢排在一起坐在天凉如水的街道边，一边喝着啤酒一边肆意谈笑，有吹不完的牛皮。过了两三年，心境变了许多，有了很多心事，于是开始喜欢同一专辑里的《礼物》。《礼物》的歌词说"我希望自己是你生命中的礼物"，歌词又说"我想有你在身旁，和你一起分享（快乐）"，第一次完整唱完这首歌是在浙江绍兴，那时候刚有了自己的孩子，感觉这首歌就是唱给她听的，以后每次唱起也都是这个感觉。

之后跟着大家一起喜欢过汪峰的歌，在2012和2013两年里无数次一边唱《春天里》，一边把自己遇到的困难和苦闷暂时抛在脑后，后来又唱《北京北京》，那几乎就变成了一种发泄。这种情绪，等到汪峰开始抛弃失败者形象，拼命上头条的时期，很多人像我一样用一种近乎戏谑的心态爆发了出来。

而许巍以及他的歌却从来没有把我们抛弃。他的歌是一种民谣式的摇滚，这足可以保证我们的感受是"乐而不淫，哀而不伤"。他的歌不是呐喊的，不是发泄式的，但是同样充满了力量。《旅行》中许巍唱道："谁画出这天地，又画下我和你，让我们的世界绚丽多彩。谁让我们哭泣，又给我们惊喜，让我们就这样相爱相遇。"在《像风一样自由》中，许巍唱："我给你双手真实的感受，我给你自由记忆的长久，我给你所有但不能停留。"这样的歌词，即便是绝望之中的人看来，都能感受到一丝希望的光辉在温暖着脆弱的心，这样的光辉是真实、温和、自然的，而不是像"人造太阳"一样刺眼的光芒。

许巍的歌曲关注当下，关注此时此刻，我如此喜欢，以至于将自己的第一本书的名字就叫作《此时此刻，即是最好的时光》。这样的感受，没有李宗盛的《山丘》那般沧桑，也没有马颐的《南山南》那般无助，许巍总是通过他那平和的声音提醒我们，别忘了当下的美好，别忘记未来的希望。这一点，无论是在我的少年时代，还是步入困顿的中年，都是让我非常感激的东西。

在每个酒醒之后的清晨，在每个疲惫不堪的黄昏，我都会坐在汽车里听《曾经的你》单曲循环。这是我最喜欢的歌曲，并不是追逐偶像的那种喜欢，并不是感官意义上那种喜欢，并不是对某种音乐现象片断式的那种喜欢。那是无论我很欢欣鼓舞还是悲伤烦闷的时候一听到就会安静的喜欢。如此喜欢这首许巍的歌，我打算把它中间最精彩的段落抄录在这里作为这篇文章的结尾：

曾梦想仗剑走天涯

看一看世界的繁华

年少的心总有些轻狂

如今你四海为家

曾让你心疼的姑娘

如今已悄然无踪影

爱情总让你渴望又感到烦恼

曾让你遍体鳞伤

走在勇往直前的路上

有难过也有精彩

每一刻难过的时候

就独自看一看大海

总想起身边走在路上的朋友

有多少正在疗伤

不知多少孤独的夜晚

从昨夜酒醉醒来

每一刻难过的时候

就独自看一看大海

总想起身边走在路上的朋友

有多少正在醒来

让我们干了这杯酒

好男儿胸怀像大海

经历了人生百态世间的冷暖

这笑容温暖纯真

每一刻难过的时候

就独自看一看大海

总想起身边走在路上的朋友

有多少正在醒来

让我们干了这杯酒

好男儿胸怀像大海

经历了人生百态世间的冷暖

这笑容温暖纯真

Di Li Li Li Da Da

Di Li Li Li Da Da

宋江，赶紧吃，面坨了！

有朋自北方来，我请吃响油鳝丝和鸡毛菜。这里地处江南腹地，这时节实在没有拿得出手的东西，还好此时正是春去夏来，一派绿肥红瘦的景象，景色倒也怡人。我要开车，只能以可乐当酒，推杯换盏喝得啧啧作响，装作是一番酒酣耳热的样子。毕业多年，彼此看起来还是少年的模样，只是多了一些被岁月蹉跎的心情。朋友时而投箸不食，说起工作和生活中的琐事，真是一地鸡毛。

这简直已经成为近年的常态，老友聚会总会长吁短叹。反而是关系不远不近的人，坐到一起却会聊得志得意满、装腔作势、痛快淋漓。概因为，关系近切了，看似对坐无言，实则觉得彼此都差不多，忙忙乱乱的，头绪太多，反而一时不知从何说起。

所以就能理解我们越来越喜欢到宜家去买东西。外国的木工据说不便宜，因此便有了宜家的生存土壤。想想就很愉快，宜家的东西虽然卖相过于简单，看起来没什么质感，但是有一样好，所见即所得：逛一圈，按照样品的编号下订单，第二天就能收到一模一样的家具。宜家生意经里更聪明的地方在于，它还把"最后一公里"留给了我们——你收到的并不是完整的家具，你还需要亲自动手把它组装成功，收获"完工"的快感。别小看这最后的组装，它是如此容易，料块不多不少，一板一眼大小合适，就连螺丝和简易扳手都为你准备好了，你只需要按照图纸，按着顺序操作，保管不会出错。最后大功告成，你擦去额头的汗水，反复打量在你手中诞生的这件作品，真是满满的成就感啊！这样的成就感，跟朱骏踢足球、许家印打篮球当MVP是一样一样的，只不过为我们助攻的是一家过于狡黠的家具公司而已。

这样快意的体验并不总会有的，生活仍然是一地鸡毛。电视剧里的中年人总是故作深沉地说："凡是能用钱解决的都是小事情。"又或者学柯里昂的样子，挠挠后脑勺，说："给他一个无法拒绝的理由！"我也很想对焦头烂额的自己说这样的话，可是每次都落得荒腔走板。

宋江想必对此也有同感。他原本的生活是令人愉快的：在一个小县城里当一个可有可无的小吏，每天早早下班，呼朋引伴，饮酒行乐，不亦快哉。说他可有可无，这倒是真的，因为据宋制，在郓城这样的一座小县城，像宋江这样的所谓的"押司"一共有八位。押司就是文书，平日里并不忙，宋江和县太爷关系又好，早退和翘班估计是常有的事情，因此他有大把的时间混朋友圈。薪水不高，但宋江为人好面子，出手很大方，谁手头紧了需要江湖救急，找他准有收获，所以人人都称他"及时雨"。人缘好，又有些闲钱，周围自然有人帮他张罗了一个姘头阎婆惜，阎婆惜是郓城天香楼的头牌，虽说郓城是个四线城市，但头牌毕竟是头牌，总归是有些姿色的。总之，押司时期的宋江正是过着这样有钱有闲有女人的生活。

宋江的美好生活在晁盖出现后被搅起了涟漪，晁盖这个粗人让有钱有闲有女人的宋江看到了另一个新世界，在宋江心底播下了一颗不安分的种子；这个粗人还索性一不做二不休，上山做了土匪之后给公务员宋江寄来了一封致谢的书信。当年我读到这一节的时候就感觉出晁盖的人品有问题，人家宋江冒着生命危险放了你一条生路，你还非得假戏真做去把人家拖下水，实在令人不齿。所以晁盖后来没能名正言顺地成为农民起义领袖，而是早早就死了，这也是情理之中的事情。但宋江一旦看到了一个新世界就无法忘掉，后来杀阎婆惜、发配江州都没能让他回头。心里长草了，偶尔喝个闷酒就露了头，把心里的小九九直接写到了浔阳楼上。放在今天，宋江这样的人估计也是没有希望的——喝点小酒，借着酒劲就发朋友圈的人怎么可能有希望呢？

所以宋江的上山既是稀里糊涂，也是半推半就。一个有点钱有点闲的中年人，工作上暂时没啥上升的希望，生活中又只有几个像李逵这样没共同语言的朋友，眼看着晁盖在梁山上大碗喝酒大口吃肉，心里莺飞草长是早早晚晚的事情。于是宋江在中年危机到来的时候就这样半推半就地上了梁山，还意气风发地树起了"替天行道"的大旗。

眼看着就要成为土匪头子并以著名农民起义领袖称号载入史册的宋江此时的心情是忐忑的，未来不可知，每天晚上还要被几个一脸横肉杀人越货的粗人拉去喝酒，粗人们端起碗吃肉放下碗骂娘，喝醉了扑通一声倒头就睡，反正第二天醒来还有肉吃还有酒喝。宋江骨子里还是个知识分子，有钱有闲的中年知识分子心底里多少有点追求，如何能够安于大碗喝酒大口吃肉这样简单粗暴的生活，所以宋江很快便厌倦了。宋江迫切的理想便是回到体制内，钱锺书先生早就看穿了一切，称之为"围城"。在这一点上，宋江心底里是羡慕李逵的，每当看到李逵坐在对面胡吃海塞的时候，宋江的这种羡慕的心情就到达了顶点。希望通过改换路径取得突破的宋江又一次陷入了苦闷之中。

不能怪宋江总是把自己好好的生活搞成一地鸡毛，如果我们有机会穿越回到宋朝，未必会比他做得更好。押司也好，土匪头子也好，或者做一个鸡贼的被招安者也好，每种人生选择都是有代价的。做一名押司的代价是安于现状，做一名梁山好汉是成王败寇，而被招安的代价则是赤裸裸血淋淋的投名状。宋江的不快乐全部来源于此，全部来源于选择和选择背后的代价，这些代价并不是将"聚义厅"改成"忠义厅"那么简单。李逵就没有这个问题，因为他没有选择困难。最开始李逵也许有，就是他那个八十岁的老娘，但是施耐庵一个不耐烦，便安排一只莫名其妙的老虎去吃了个干净，李逵从此便心无旁骛，上山下山无所不能。

宋江的困境就是我们今日面临的困境，我这么说恐怕有不少人会暗暗地点头，毕竟一地鸡毛的生活也不是什么特别能说得出口的事情。前段时间网上很是流行了一阵子一篇叫作《我是范雨素》的文章，如果换成《我是宋江》，恐怕天罡星呼保义笔下的开篇就是这样的："我的生命是一本不忍卒读的书，命运把它装订得极为错乱，让我无所适从。"范雨素的生活是拙劣的，她无从选择，只能被命运裹挟着前进；宋江的命运又何曾妥帖过？他有太多选择，但十分缺乏"宜家式"的即插即拔式的成功机会，最终也只能被命运裹挟着前进。山人乐队的歌《上山下》唱的就是宋江们的命运："上山下山，上山是为了下山；下山上山，下山是为了上山。"宋江们上山下山地忙个不停，没有终点，一直在路上。

看电视剧《白鹿原》的时候，有这么一场戏，白鹿原上著名的大儒朱先生和好友徐先生辩论。这两位大儒，朱先生讲求入世，注重知行合一，而徐先生则是传统的儒生，道德感高于一切。两位就阳明心学的经义争辩不止，旁边的农妇听不懂也懒得参与，迳直做了两碗油泼面端上来。徐先生还在争辩，朱先生笑而不答，捧了面碗就吃将起来，徐先生一边还想争个高下，一边却被面的味道吸引，骑虎难下。朱先生大喝一声："还不快吃，面坨了！"徐先生终于放下道学面孔，坐下来一心一意开始享用面条。

这一场戏时间并不长，但我却过目不忘。人生也好，选择也罢，都是宋江式的知识分子给自己营造的困境。如何从这个困境中脱身出来？做一名李逵式的好汉显然不能让宋江们心安理得，但是在选择面前，如果有人在一旁一声断喝"赶紧吃，面坨了"总还是好的。民以食为天，吃面才是大事，在苦恼和困顿的时候不妨兀自下碗面吃，这总是一个既切实可行又不伤天害理的方案。至于知行合一的经义呢，那就暂时放一放吧！

布拉格的冬天

布拉格的冬天，树木和行人一样，都是灰扑扑的颜色。街上的行人穿着灰色或者深蓝的大衣，毫无目地地来来去去，擦肩而过的时候，可以看见他们的眼神是清澈的，溢满笑容，仿佛一只鹿一样偶然路过。树木萧疏，在这座欧洲中部城市的冬天，简直看不见哪怕一片绿色的叶子。岂止是叶子，大多数的树木只剩下黑色的枝丫，瘦瘦长长，伸向天空，枝丫的末端没了树叶，像极了巫婆的手指，弯曲细长。

偶尔看见路旁有几株粗壮的梧桐，叶子比上海街上的法国梧桐要小，也是枯黄干涩的，擎在枝头，微风拂过，仿佛随时就会跌落下来。然而布拉格的阳光却很好，虽然空气中弥漫干冷的气息，阳光照射在干枯的梧桐叶子上，透出温暖的金黄的色彩。这时候的梧桐树突然恢复了生机，看起来满枝头缀着黄金的叶子，变得厚重起来，在风中簌簌作响，给寂静的街道带来一丝繁荣的景象。

　　街道都是石头铺就的，都是经历过岁月的样子，再不济也是新砌的方方的小石块，汽车开过去的时候车轮压在石板上发出沉闷的声响，但并不刺耳。我们的脚步踏在上面，虽然并不平顺，但有了实实在在的感觉，仿佛在一艘坚固的大船上，一点也不用担心船会沉没。布拉格旧城区和小城区的房子都有了岁月，很多墙面显然是新漆过的，有些是大理石墙面，因此看上去都很新。冬日的阳光照射到墙面上，淡黄色的墙面透着杏黄，白色墙面透着珍珠色，都是温暖的色调。唯独那大理石墙面，阳光照射上去，反而反射出幽幽的冷光来，和这个冬天的冷空气连成了一体，让人忍不住要把脖子进一步缩进大衣里去。

　　但是登上布拉格广场的钟楼，坐电梯上到几百米以上，俯瞰整个布拉格城市的时候，眼前的颜色顿时变得明艳起来。远处深蓝欲滴的是天空，上面飘着几朵厚重的白色的云团，也被阳光照成金黄。旷远的天空下面，是色彩明快的城市，红色的是汪洋大海一般的屋顶，点缀着哥特式教堂的高耸的尖顶，大多数的教堂是黑色凝重的样子，却有一些教堂的顶偏偏是祖母绿一样，圆圆的，尖尖的，远看就像是生了锈的铜器，露出远古朴实的色彩。大多数建筑的墙面是淡黄色的，还有一些是白色，也有一些漆成了活泼的绿色或者蓝色。从钟楼顶上看下去，蓝的天，红色的此起彼伏的屋顶，黄色或绿色的墙，中间点缀着雄伟庄重的教堂尖顶，即使用五彩斑斓来形容眼前的景色都不为过。

街上随时可以看到穆夏（Mucha）的画作，画中美丽的女子有着丰腴洁白的身体，点缀着色彩明艳的衣服和背景，漂亮极了。看着看着，那穿着色彩明艳衣服的女子仿佛从画里跑了出来，咯咯地笑着，欢快地跑过石头街道，明艳的裙裾拖在石板上，灰色的厚重的街道也顿时明亮起来。

高高耸立的圣维特教堂矗立在山顶上，被包围在布拉格城堡中。我们行走在布拉格不知名的街道上，两边都耸立着高大厚实的几百年前的大楼，大楼中间夹着一线蓝蓝的天空。阳光根本照不到街道上来，走在街上感觉格外冷。然而无论在哪里，都能找得到山顶教堂的尖顶，穿街走巷都不会迷路。我们穿过火药塔，走上查理大桥，对面山上的城堡近在咫尺，但因为天已经渐渐暗下来的缘故，黑褐色的城楼看起来却很遥远，仿佛《指环王》里的城堡在灰暗的云层中出没，可望而不可即。查理大桥下的河水里栖息着很多天鹅，在水面上安静地逡巡，几十只鸳鸯蜷在桥墩旁的小岛上，十分安详。查理大桥上，道路的两边每隔一段都伫立着一尊尊雕塑，有鸽子在雕塑人像的肩上、头上、胳臂上停驻，四处张望。这些雕塑大概来自中世纪的宗教故事，又或者诉说着查理四世（Charles IV）在神圣罗马帝国时期的无上光荣，都是我们并不熟知的故事。

圣维特教堂、布拉格城堡，以及查理大桥尽头通往山顶的城楼，将我们带入了遥远的时代。那个时代属于神圣罗马帝国，属于有着深邃忧郁眼神的查理四世，属于被奴役着的穿着破旧衣服却一丝不苟建造着这座大城的人们。我们在山顶旧皇宫门前驻足，门口的卫兵勉为其难地忍耐着我们在他身边叽叽喳喳地议论以及合影。城堡靠山临河，高高耸立，石头铺就的道路仿佛无始无终。圣维特教堂太高了，太大了，站在广场上需要仰着脖子才能看全，教堂的顶和边一直溢出了苹果相机镜头的边界。

我们在教堂阴影里的黄金巷里找到了弗朗茨·卡夫卡（Franz Kafka）的旧居。这是一座低矮的有着一层阁楼的小房子，如果不是夜灯照亮了低矮的门口土墙上嵌着卡夫卡旧居字样的铭牌，很难想象这个逼仄、阴暗的房间里，曾经写出《变形记》那样汪洋恣意的文字。不过，走在布拉格明艳的街道上，居住在似魔似幻的旧城堡边，人们的心里，历史和今天仿佛连成了一体，一种不真实的感觉总是挥之不去。大概正因为如此，弗朗茨·卡夫卡和米兰·昆德拉（Milan Kundera）这样的作家的文字才会那样天马行空、似梦似幻和无拘无束吧!

我们走过厚重的城市剧院，今晚在那里会上演莫扎特（Mozart）和德沃夏克（Antonin Leopold Dvorak）的音乐会，德沃夏克是这座城市引以为豪的骄子，城市剧院周而复始地上演他的那些作品，不过我们步履匆匆，和他们无缘。我们走进街边的礼品店，每个店里都摆满了锡制的小人，大多是中世纪国王和武士的形象，手执盾牌和长剑，有一些武士的胸前标着十字军的标志，十分逼真，仿佛还带着昨日的余威。更多的店里摆满各式水晶的物什，还有一种戴着皇冠手执权杖的瓷娃娃，都是一样的造型，或大或小，有不同的颜色可以选择，十分引人注目。我问店主，那些瓷娃娃是哪个公主或者王后的形象，满脸络腮胡子的捷克人顿时蒙住了：

"呃，说起来，应该是很久很久以前的事情……"

他扑闪扑闪迷茫的小鹿一样的眼神看着我，问：

"你确定要听吗？那是一个很长很长的故事……"

是啊，布拉格的历史是如此久远，但又和今天牵扯得如此之近，又有几个人能说得清呢？我悻悻然出来，走在布拉格清冷的街上，汇入人海当中。天已经黑暗了下来，街灯下的人群都穿着厚厚的大衣，我无时无刻都感受到这是布拉格的冬天。但是我知道，明天太阳出来，照射到那些五彩斑斓的教堂、剧院、博物馆的墙上，这座城市立马就会重新明艳动人起来，跟春天一样。

第三章

旅程，人生得意须尽欢

格格不入

　　我的书出版之后，有朋友笑说，你找到第二职业了。职业这种事情总是严肃的，得隆重对待，对于我这种做一行爱一行的人来说尤其如此。做一位作家吗？我似乎还没有想过，无论是从心态还是技术层面，我都远没有把作家作为我未来的职业规划。换一个思路来看这个问题，答案就更加不乐观，你看看中国写得好的作家，有几位能够好好活过六十岁？比如老舍，比如路遥和王小波。当然，我并不是说活得好好的作家就不是"写得好的作家"，比如人家王蒙，到八十岁了不也获得了茅盾文学奖吗？比如人家王安忆，今年刚刚六十一，正好迈过了这个年龄坎儿，不也活得德高望重、有滋有味吗？

　　不是每一个作家都能做到这样的老而弥坚、有滋有味，孤独、冷僻、乖戾才是大多数。这就好比那些有名的笑星，生活中其实大多是沉默寡言的普通人，因为他们为了制造快乐已经透支了浑身的快乐基因，人总归是平衡的，那么他就不可能做到在业务之外还能保持笑容。作家是什么，就像是王安忆在复旦大学论坛上说的，就像是"贫嘴张大民"一样，努力编造"幸福生活"，通过艺术塑造的手法编织平凡生活中不存在或者稀缺的幸福感，并使之能够感染人。认清了作家这份工作的本质，你就知道，这并不是什么好活儿，它是需要你耗费精神耗费体力才能干好的一份工作，而且，如果想干得好的话，恐怕还需要一些透支的。

民国那些奇女子中，活得好的是林徽因和张爱玲，至今经常被文艺青年们拿来和现在的女神们比一比。其实当时真的有一位女神，这位女神曾被誉为"30年代文学洛神"，那就是女作家萧红。"30年代"是一个什么概念呢？20世纪30年代是新文化运动之后诞生大批文豪的一个时期，当时的中国文坛因为左右翼作家的论战而显得空前热闹，是中国现代文学的一个高峰时期。在这样一个时期，居然有一个女子能够被称为"文学洛神"，这样的称赞就不仅仅是一种象征意义的追捧了。

大多数的中国人对于萧红的记忆已经淡漠了，以《生死场》为标志，萧红的巅峰时期从1935年起，到1941年写完《呼兰河传》为止，只有短短的六年。而且，这六年间她并没有太多平静的时期可以写作，由于抗日战争的爆发，萧红在大部分时间里都是居无定所、颠沛流离。这样的六年，居然足够奠定萧红在现代文学史上的地位，这也成为电影《黄金时代》中最令人动容的一部分。

我很好奇居然是一位香港导演完成了对萧红人生的回顾，传记类的作品从来就不是香港电影的强项，但是许鞍华和她的《黄金时代》做到了。萧红人生的跌宕、内外冲突严重的个性，很难用"故事性"的拍摄手法来表现，所以导演许鞍华选择了"回忆录"这样的形式来展开。许鞍华导演做得特别好的一点是，她将展现萧红跌宕的一生作为了这部影片的唯一主线，虽然中间穿插着生活环境、政治环境的种种变化，但是关注萧红这个人的本身这条主线从未断过，可以说，许鞍华基本上排除了围绕在萧红周围的许多杂音，来完成了这次十分纯粹的拍摄，实在难能可贵。当然，如果非得拎出一条副线的话，那就是萧军和萧红之间的爱情。

萧红的一生就是被抛弃的一生，也是非主流的一生。情感上，用许广平评价萧红的话来说，"萧红先生在文字上很英武，而在处理一个问题时，也许感情胜过理性"。因此，萧红对于感情的追求说起来十分简单但是实际上要求非常高。这正是萧军逐渐不能容忍的地方，今天也许有很多人会说萧军是大男子主义，我看未必，萧军本身承受的压力其实非常大，除了在文学上要跟得上萧红，在感情上恐怕也要努力满足萧红对于精神伴侣的想象。这样的想象，在今天看起来如同宝石般弥足珍贵，也很纯粹，但是要萧军心无旁骛地做到估计是一种折磨，所以两人的爱情最后只能无疾而终。

而另外一方面，在文学上，尽管有导师鲁迅的指导和指引，萧红所擅长的仍然是回归本真的写作。虽然抗日战争爆发之初萧红也加入了写抗战文学的大军，但是她的内心和笔尖还是不停地指向了她擅长的天马行空的方向。这样的自我和天马行空使得萧红在文学上也是和当时的现状是格格不入的，她仍然是一个"非主流"。在这一点上，她和张爱玲十分相像，因此作品往往需要在几十年后才被人翻出来成为经典。

许鞍华导演是如何利用电影做出这个评价的呢？这一点非常巧妙，是引用了萧红自己写的《回忆鲁迅先生》中的一个场景。那一天，萧红穿了一件漂亮的红色上衣，在鲁迅面前走来走去，请鲁迅评价。鲁迅说，"不太漂亮。你的裙子配的颜色不对，并不是红上衣不好看，各种颜色都是好看的，红上衣要配红裙子，不然就是黑裙子，咖啡色的就不行了"。这就是萧红这个人面临的悲剧现实，她的人和所处的现实是不相配的，因为不相配，所以沦为"浑浊"。这样一个似乎与主题无关的评价，却能够恰如其分地道出萧红"非主流"的一生。她年少追求爱情，却困于家庭；她青年追求文学，却不得不在战争中流离。萧红本人的生活状态远没有她在文字上那么"英武"，为了写作，她不得不随波逐流，在生活面前，她只是一个悲剧的弱女子。

萧红卒于31岁。这是一个十分青春的年纪。导演许鞍华和演员汤唯尽其所能还原了她无奈而又精彩的一生。汤唯所饰演的萧红被描述为"总是脸色苍白、嘴唇紧闭的样子，动起来却很敏捷，笑时甚至显得有些神经质，很难不让人发现她的单纯"，在这一点上汤唯做到了一个演员的极致，她的表演让观众无法忘却萧红这位在现代文学史上的"女神"，尽管这位"女神"和她所处的时代多少有些格格不入。

调　子
——我读《凤凰往事》和《沈从文自传》

沈从文的小儿子沈虎雏在纪念自己父亲的文章《团聚》中，提到听父亲打鼓这一节。他写道：

"好像是蹄声，细碎零落，由远渐近，时而又折转方向远去。我以为它会逐渐发展，成为千军万马壮烈拼杀的战场。

"没有，他不这样打。轻柔的鼓点飘忽起伏，像在诉说什么，随意变幻的节奏，如一条清溪，偶尔泼溅起水花，但不失流畅妩媚品性。他陷入自我陶醉。

"我听过京戏班子、军乐队、和尚们以及耍猴人打鼓，熟悉腰鼓和秧歌锣鼓点，那都是热热闹闹的，从没听过这种温柔的打法。"

沈虎雏对此评论道：

"爸，你的确会打鼓。可你的调子与众不同。秧歌要用固定的锣鼓节奏，才能把大家指挥好，扭得整齐一致。你这么自由变化，人家一定不允许。"

从沈从文的自传，我们了解到，他打鼓的手艺是在辰州当兵的时候学的。当时的沈从文不过十四五岁，在看不清楚前途的情况下参军入伍。因为所在的军队名为官兵实为土匪，驻扎在辰州时无仗可打无事可做，沈从文无意中和几名号兵一起学会了打鼓这门手艺。

但是，无论是打鼓这件事，还是后来沈从文成为小说家，他的调子总是和所处的时代不合。沈从文弃武从文到了北京之后，靠着自学，开始发表作品。他的文章，无论是小说还是散文，都透着田园牧歌式的自然清新，这在当时那种兵祸连年、言必谈革命的时代实属一个异类。抗战期间，左翼作家占了舆论的上风，但是沈从文仍然还在写作《湘行散记》这样的文字，加之对周作人等人的同情，不出意料地为鲁迅、巴金等人所谴责。这一段公案，在新中国成立前后甚至被郭沫若搬出来，在《斥反动文艺》中给沈从文扣上"桃红色作家"的帽子。如果读一下原文就知道这个帽子该有多大："特别是沈从文，他一直有意识地作为反动派而活动着……"

沈从文的好友巴金对此有十分清晰的记录。1988年5月10日，沈从文在北京逝世，夫人张兆和给巴金发去了电报告知这个令人悲伤的消息。巴金只比沈从文小两岁，好友逝世，他悲从中来，写下了长文《怀念从文》。这是我读过的最坦白、最真挚的纪念文章。巴金和沈从文结识于1932年在上海的一个饭局，饭后，巴金至沈从文暂居的小旅社小坐，沈从文手头拮据，巴金自告奋勇介绍了一位出版家买下了沈的短篇小说集《虎雏》的手稿，解决了他的燃眉之急。后来二人的友谊在青岛、北京等地得到了延续和加深，君子之交淡如水，沈从文邀请巴金到自己逼仄的寓所小住，把自己的书房让出来给巴金写作。闲时两位大作家在一起无话不谈，清贫却又安然。其时巴金忙于自己小说的写作，而沈从文则忙于为刊物编辑，十分繁忙、清苦但是始终能够保持温和的笑容，而且一直告诫巴金说："不要浪费时间。"

两人的分歧发生在1937年前后，其时抗日战争全面爆发，巴金对周作人一类的知识分子进行了严厉地批评，引起了沈从文的强烈不满。在沈从文的眼里，周作人的文学成就让他十分敬佩，他希望巴金不要从政治出发来批判这些曾经的故旧好友。虽然这样的分歧并没让二人真正交恶，他们仍然有来往，而且相交时仍然满含着朋友之间的真诚，到了"文化大革命"开始之后，巴金渐渐发现自己如同一只进了渔网的小鱼，而这只网随时会收紧。后来在"牛棚"里，巴金这样写道：

"在灵魂受到煎熬的漫漫长夜里，我偶尔也想到几个老朋友，希望从友情那里得到一点儿安慰。可是关于他们，一点儿消息也没有。我想到了从文，他的温和的笑容明明在我眼前。我对他说过的那句话——'我不怕……我有信仰'——像铁锤在我的头上敲打。我哪里有信仰？我只有害怕。"

解脱和安慰巴金的最后居然是同样身处险境的沈从文。沈从文在得知巴金的新地址之后不顾当时的环境从北京寄来了一封长信。巴金的妻子萧珊此时已经病倒，将这封五页纸的长信反复地看，含着眼泪说："还有人记得我们啊！"两个月后萧珊病故，可以想象，这样一封来自老友的信，对两位身处绝境的知识分子是多大的安慰！

巴金对于沈从文能够在平静和从容中逝去感到十分羡慕，这样的羡慕，和后来他表现在《巴金随想录》中的忏悔之情是一致的，巴金说："有什么办法呢？中国知识分子的悲剧我是躲避不了的。"

沈从文并非故意和时代唱反调，也不是特意在朋友高调时泼冷水、低潮时雪中送炭。事实上，关于生活态度和基调，沈从文从来都是一以贯之的，他的调子就是"人"：这无关身份，无关政治态度，在沈从文的眼里，达官贵人并不比贩夫走卒重要。沈从文于1980年在哥伦比亚大学所做的演讲《二十年代的中国新文学》中说道，他在北京大学旁听辜鸿铭先生的课的时候"得到一种警惕，得到一种启发，并产生一种信心：即独立思考"。沈从文的调子并非反调，而是从人性出发独立思考的结果。

沈从文在他的很多文章中都提到了他亲眼见过的"杀人"场景，有清朝道台们随意处决苗民嫌犯的场景，也有他亲眼看见其父辈参加辛亥革命遭遇失败后的血流成河的场景，还见过官兵

"清乡"剿匪时随意残杀苗族农民的场景。在所谓"苗人造反"之后，沈从文回忆道："一有机会就常常到城头上去看对河杀头。每当人已杀过赶不及看那一砍时，便与其他小孩比赛眼力，一二三四计数那一片死尸的数目。或者又跟随了犯人，到天王庙看他们掷筊。看那些乡下人，如何闭了眼睛把手中一副竹筊用力抛去，有些人到已应当开释时还不敢睁开眼睛。又看着些虽应死去还想念家中小孩与小牛猪羊的，那分颓丧、那分对神埋怨的神情，真使我永远忘不了，也影响到我一生对于滥用权力的特别厌恶。"

因为这样一些情形，尽管沈从文出身于军人世家，但是却一辈子都自称"乡下人"，他把自己的这份情结寄托在家乡，寄托在"凤凰"这个小地方，在几乎所有的文章中都饱含深情地向读者介绍那里的人情世故和草木河流。"凤凰"也成了他人文精神的一个载体，在这样的语境下，沈从文就有了自己独特的调子：独立思考，对于滥用权力的厌恶，对于弱小的同情。

这样的调子，就打鼓这件事情而言，则正如沈虎雏所言，是无法指挥好需要整齐伐一的"秧歌"的，自然容易不为"人家"所允许。

愿有岁月可回首

记不得这是第几次重读《朝花夕拾》里面的文章了。

十几年前决定来上海读大学，一半是为了现实的考虑，还有一半是为了这里曾是鲁迅先生口诛笔伐的主战场。曾经在一个周末去访问先生故居，楼很逼仄，十分钟转完，临走买了几本小册子，有《野草》，有《呐喊》，还有一本就是《朝花夕拾》，薄薄的单行本的册子，有着朴素的封面。但是遗憾的是，大学毕业搬家时才发现册子被压在箱底，略略有些发黄了。

不过先生的很多文章早已可以大段大段地背诵了。中学时代最欢喜的事情，就是甫一开学，就迫不及待地翻开新书找先生的文章读，那时候的课本每一期都会收入好几篇鲁迅的文章。小说也好，杂文也好，大都是要求背诵的，尤其是散文，先生的文字一气呵成而又隽永，更是全篇都会背下来。学期刚过半，先生的文章都已经读过好几遍背过好几遍了，于是又开始期待新的一学期。

鲁迅先生的杂文是可以当作小说来读的，这句话我反复向人说过。和普通杂文的起势、发力、高潮以及引经据典不同，先生的杂文往往是从平地里拔地而起，犀利而又十分自然。比如《论雷峰塔的倒掉》的开篇："听说，杭州西湖上的雷峰塔倒掉了，听说而已，我没有亲见。"这样的文字，仿佛是站在高山之上极目远眺的时候随口而出的，隽永、自然而又有力道，实在是后世为文者的楷模。再读这篇文章收势的部分，先生信笔说到了"秋高稻熟时节，吴越间所多的是螃蟹"，仿佛是一套功夫拳打完，吐纳之间舒缓筋骨的动作，游刃有余的感觉跃然纸上。末尾一句，仅有"活该"二字和一个句号，戛然而止，读完之时，只看见先生徐徐远去的背影，顿生"打完收工"的快感。杂文的写法，真的是该当如此，该当如此！

鲁迅先生以小说出名（比如《狂人日记》），而以杂文（比如《友邦惊诧论》）最为后世人称道，但于我而言，最喜欢的还是他的散文。

《故乡》和《社戏》被编入小说集《呐喊》，因而后世人都称之为小说，我觉得是不妥的。小说自然是源自虚构，比如《狂人日记》和《阿Q正传》，这都是作者在日有所见夜有所想的基础上进行大量加工之后的作品。而《故乡》和《社戏》不同，鲁镇和闰土几乎都是真实的。《社戏》里，"我不喝水，支撑着仍然看，也说不出见了些什么，只觉得戏子的脸都渐渐的有些稀奇了，那五官渐不明显，似乎融成一片的再没有什么高低"，这样文字，犹如儿时我骑在父亲脖子上看露天电影的场景，那种眼前种种景象已经模糊而声音格外刺耳的感受，只有亲身经历过的人，才会写的出这样文字。

我自己也同样有《故乡》之叹。少年时和姑姑家的儿子，也就是我的表兄，每到暑假就玩在一起。上山砍柴，下河抓鱼，到了夜晚便一起躺在漆黑的夜里，纳凉、数星星。有一次我在他躺着的时候，故意搬一块大石头压到他的身上，他十分生气，第二天一整天都不再理我，结果被姑姑用笤帚追打，要他带我玩（我比他小四岁）。至今还记得他当时委屈而又倔强的样子。《故乡》里的"闰土"也是如此，"深蓝的天空中挂着一轮金黄的圆月，下面是海边的沙地，都种着一望无际的碧绿的西瓜，其间有一个十一二岁的少年，项带银圈，手捏一柄钢叉，向一匹猹尽力地刺去，那猹却将身一扭，反从他的胯下逃走了"。当年在河边看表兄在河里游泳、抓鱼的时候，感受也是一样的。

《从百草园到三味书屋》则是毫无争议的散文。最早开始接触到的散文的范式还是朱自清的《春》那样的，但到了《从百草园到三味书屋》才知道散文除了可以抒情，还可以如此叙事。

其实人人心中都有一座"百草园"。我在自己的散文《老五》中就写过自己记忆中的百草园。那是一个只有我和堂兄知道的隐秘所在，三面都是陡峭的岩石，一面临水，地方很小，两个人一起站在那里都显得有些局促。我们经常背着大人们，偷偷从岩石上溜下去，做得最多的事情无非就是给我们种的几株不知名的植物翻土、施肥，每次在那里待好几个小时，忙得满头大汗，不亦乐乎。前几年我回乡，信步踱到那条河水的对岸，远眺那个曾经的隐秘所在，那里是那么小，也无甚稀奇，但在儿时却是那么丰富多彩！读大学的时候，我们去游览绍兴的鲁迅故居，迫不及待地想要去看"百草园"。园子很小，只有一棵树，和一堆枯草，很难想象这个就是鲁迅笔下的那座百草园。但是我又相信它的确是的，儿时的记忆大多并不真实，这在我身上就有明证，之于鲁迅，大抵如是吧。

"三味书屋"在很长一段时间里被我都念作"三昧书屋"，因为彼时只知有红孩儿的"三昧真火"，而不知有"诗书味之太羹，史为折俎，子为醴醢"这三味。我不知道别人是否也有这样的疑问，反正它困扰了我很长一段时间。

鲁迅先生写作这些文章时，正在写作生涯最恰当的时候。谓之"恰当"，一来是正值笔力雄健，二来又不至于过于圆滑。所以这一时期先生的文字没有早期的生硬晦涩（如《科学史教篇》），又不会像后期那样咄咄逼人（如《友邦惊诧论》）。此时的鲁迅已然摆脱了周树人的身份，而又仍然有一颗赤子之心，写出记忆深处埋藏着的珍贵记忆，自然是动情又动人。

同样的体验在其他作家的作品中也能找到。比鲁迅稍晚的沈从文，在为北京的报纸写作《一个戴水獭皮帽子的朋友》系列散文（后收入《湘行散记》）的时候，也是基于几乎真实的人和事，读来令人如临其境。当代作家里，史铁生写《遥远的清平湾》和《我与地坛》，写的就是自己的事情，读来荡气回肠，心向往之。而时下流行的作家里，比如冯唐，写得好看而又读来亲切的文章还是最早的那三部小说，因为故事背景经常发生在一个叫杨柳青的地方，所以这三部被戏称为"杨柳青文学"，以我的眼光来看，确实是真情实感，冯唐内心的肿胀喷薄而出，文章的水平自然在"金线"之上。

所以我特别珍惜《朝花夕拾》《社戏》和《故乡》这样的文章，我们由此可以感知先生和我们一样，在内心都有一方柔软之地，而并非总是横眉冷对千夫指。这样的柔软之所以充满力量，除了先生纯熟的文字，还有生活在经过岁月沉淀之后留给我们最宝贵的部分。我们因此也经常午夜梦回，想念起那不曾消逝的百草园，和那不曾离开过我们心底的少年闰土们。

天生带感

　　两三年前，《繁花》和《黄雀记》两本小说新出，读过之后，恰逢一位同事请我推荐书目，我告诉她《繁花》不错，《黄雀记》最好只看前半部。原因无他，我之前并没有听说过金宇澄，但是《繁花》全篇看下来没有瑕疵，而特点却贯穿始终，并未流于圆滑；苏童的老练为《黄雀记》开了个好头，但是后半部却将前面好不容易创造的意境消耗殆尽。一本小说，犹如一幅画，即便是繁复如《清明上河图》，也都有一口气连着，这口气断了，便不再是完整的好的作品。这一点，即便是用"残缺美"来解释，也是行不通的。

　　阅读小说的经历算下来已经有二十多年了。小时候上山放牛无事，只好读书，那时候能拿来读的书主要是武侠小说，但是也只是偶尔才能读到真正的金庸、古龙和温瑞安的作品。记得看到温瑞安描写"四川唐门"的作品情节，满篇肃杀之气，十分凌厉，那股气势至今还记得。还读到所谓"金庸"的作品，一本书看完，感觉十分不尽兴，觉得金庸怎么会写这么烂的书，那时候没有听过"飞雪连天射白鹿，笑书神侠倚碧鸳"这十四字口诀，又没有百度，心下疑惑但无可印证。后来反复研究，在署名上找到了破绽，原来是一个李鬼"金康"，"庸"和"康"行草写来几乎看不出区别。今天你若问我何以识破这本书是个赝品，我回忆起来，大概只是阅读时的感觉，和金庸原作有了太大的不同，几乎是云泥之别。

为什么说莫迪亚诺的小说是好的小说？以一个中国人的传统阅读观点来看，莫迪亚诺的小说气氛太过灰暗，似乎一直是在雾蒙蒙的大街上穿行，又或者是在灰扑扑的毫无特点的公寓楼里苟活，故事本身又很普通，一直在重复或者反复。我去年花了半年的时间来研究莫迪亚诺的作品，结论是我真的很喜欢他的文字，他的格调又是如此的一以贯之，读过三本以上，你看巴黎、看欧洲的心情都换过了一遍。如果说有什么神奇之处，这就是莫迪亚诺小说的神奇之处。两个月前，我恰好有一天的时间可以在欧洲某个城市旅行，我毫不犹豫地选择了巴黎，就是想要去看看莫迪亚诺笔下的那些巴黎街道。深夜的巴黎，地铁宏大、破旧，并不十分宽敞的街道空无一人，树影在风中婆娑，要走很远的路才能见到一间简单的咖啡馆，门口坐着几个一边饮酒一边低语的人。此时此刻，我真实感受到了莫迪亚诺当年曾经有过的感受，不能不想起他的《暗店街》和《地平线》。

这就是好的小说所具有的魅力，它创造一种氛围，创造一种意境，甚至创造出一个完全不同的世界。这些氛围、意境、新世界来源于生活，有一天与你不期而遇，让你感觉似曾相识。

中国也有这样好的小说家，比如说沈从文和张爱玲。

沈从文出身于湖南凤凰的边城，苗汉杂居，时为清朝和民国交替。在那样的环境中，沈从文生长于一个军人世家，但却因为种种原因一直在母亲的庇护下成长，因此养成了他开阔的眼界，但同时心思细腻、温暖的特点。他最终脱离军队而来到北京开始从事写作，就他的个性而言，是一个十分恰当的选择。在当时的写作环境下（1924年之后），革命的、改良的、保守的文学如百花争艳，此起彼伏。但是沈从文独辟蹊径，植根于老家凤凰的山水、人物中不能自拔，因此形成了自己的写作风格。沈从文的小说，笔法率真自然，仿佛一块奇石，爬满湿漉漉的青苔，沈从文用他的笔触翻来覆去地指给你看，矫揉，但是感觉不到造作。因为这样的深情和他无师自通的文学天赋，沈从文的文字总能让你想到湿漉漉的石板街道，穿着粗布衣服的苗民，或者倚着吊脚楼痴情而命运悲惨的女子。他笔下的人物，是没有泥土味的，但是带着破落城市的那种尴尬的精致，人和人之间存在着脆弱的纽带，这个纽带就是千百年来传下来的礼制和愚昧。所以，沈从文的文学很容易被人忽视或者误解，但是他带来的那种"边城"的意境却在文学史上注定要抹下重彩的一笔。

还有张爱玲笔下的柔情万种和跃然纸上的"得不到的"惆怅。张爱玲是天才的小说家。她笔下的先生、小姐，无论是富贵之家还是娼妓之家，都有着华丽的外表，如同电影《花样年华》中的苏丽珍和周慕云，无论是何种身份，都穿戴整齐，绝不在形象上打折扣，独有一份尊严。《半生缘》里顾曼桢的姐姐不过是个家娼，但是张爱玲却绝不吝啬自己的文字，给她一些庄重和自尊。这样的刻画，与先入为主的雕刻，是决然不同的。虽然《花样年华》并非取材于张爱玲的小说，但是意境却是相似的，阴冷、灰暗的街道衬托着锦绣旗袍的一丝亮丽，即便是多年之后，都被人记得。

这就是小说家们的"天生带感"，他们的文字和叙事带有个人鲜明的特点，正如名画《蒙娜·丽莎》的本尊无人知晓，但这幅画却流传至今，好的艺术作品在千百年后被人记得和被传承的是它的艺术特点，而艺术特点山峰的峰顶，是作者让人感受到的那种意境。这种意境并非只是存在于文字之中，而是由作品中人物一举手一投足体现出来，作品中人物的感情和行为深深体现了作者在写作时想要表达的那个时代感。

我很喜欢鲁迅的《呐喊》和《故乡》，很喜欢冯唐的"北京三部曲"，正是因为这样的标准。同样，我不喜欢鲁迅的《故事新编》和冯唐的《天下卵》也是因为同样的原因，一旦一个作家无法驾驭他想要表达的"时代感"，那么他笔下的作品就显得矫揉造作，仿佛有些地方到处兴起的水泥建筑，粗劣而笨重，突兀地立在那个地方，和周围的环境格格不入。冯唐大概也意识到了这一点，他在一个节目《搜神记》中提到，他现在特别喜欢收藏和把玩古玉，并且已经有了相当的成绩，他的初衷是希望通过这些古物玉石提高自己的美学修养。其实，从我的观点来看，就是提高他自己对"时代感"的认识：为什么在那样的时代，有那样的人物，那样的人物又有了那样的情感和行为。那些情感和行为，如同"罗马"，不会是一天就能建成的：你如果研究过沈从文的作品，你就知道1930年之前的他经历了些什么，那种经历就是剔除雕饰，回归本真的过程，而不仅仅是文字变得越来越老练。

前几天我遇到一个陌生朋友，我费劲地向她解释我正在干的事情：正如在建设一个小池塘，水草都是新栽的，泥土也是新运来的，一座巨大的太湖石搬过来，几个人粗手粗脚地将它扔进池塘里作为景观，激起了池底的泥，池塘里的水一片浑浊，鱼儿们惊慌失措。

这是一个十分形象的比喻，我在后来独自思考的时候突然想起来这个比喻，不禁扬扬自得。创作一篇文学作品正如建造一座小小的池塘，静的如水草、假山和泥，动的如鱼虾和风吹皱的清水，动静相宜才是最好的。这座池塘的形态就是你想要呈现给读者的意境，池塘的漂亮与否完全取决于作者的最高美学标准，而创作者对于美学的认识，必然带着时代的烙印，而最粗俗的创作者自然种下的是塑料的水草和水泥的假山石，观者自有自己的感受，而这种感受和阅读一部小说带来的感受没有两样：作者想要表达的美丑，以及读者感受到的美丑，其实就是作者审美观和世界观的完全的影射。而对于这一点，读者比想象中更敏锐，只有愚蠢的作家才想要糊弄聪明的读者们。

大师兄，师父又让妖精捉走了

暑假的时候，孩子们一直在看动画片。电视有了点播功能，选择又多，想什么时候看，想看什么，都是十分容易的事情。又，据说南方某城市对动画片的产量还有奖励措施，大批的新动画被生产出来，因此现在的动画片几乎都是我们叫不上名字的新题材。熟悉一点的只有《喜羊羊和灰太狼》和《熊出没》，暑假一开始这些片子就在霸屏，满眼的要么是羊儿们在欺负狼，要么就是伐木工人和两只操着东北口音的熊在森林里斗智斗勇。我不知道现在小孩看的东西为什么会变成这个样子，无论是从生物学还是从社会学都无法解释。对于我来说，这真是"世界之谜"。

我们当年的暑假只有一部片子，那就是《西游记》。几乎可以说，没有《西游记》的暑假是不完整的。第一次看《西游记》是在邻村人家的一台黑白电视上。那个暑假，吃过午饭第一件事就是跑出去，和几个小伙伴会合，有时候人家还没有吃完饭，我们就在他家院子外的大树下等着，一边兴奋地回顾昨天那一集的内容，一边盯着他们家收拾碗筷，收拾完了我们就一拥而入，各自找到小板凳坐下。这家人家的小孩一脸骄傲地帮我们"序齿排班"，然后自己坐在最前面当中的位置宣示主权，一起等待节目开始。1点钟刚过，黑白屏幕里一道白光冲天而起，熟悉的"咚咚"两声激烈的音乐响起，孙悟空腾空而起！两个小时最快乐的时光就开始了。

《西游记》是四大名著之一，而且显然可以说，它是四大名著里和孩子们最亲近的。在中学以后，我们的课文里还会有美猴王和花果山的内容，插图上美猴王头戴长长的花翎，背后是高高飘扬的"齐天大圣"的旗帜。我们找人借大开本的《西游记》来读，把它和脑海中的情景交叉起来。但是平心而论，原著并没有给我留下太深刻的印象，我们脑海中的《西游记》只有那个20世纪80年代版本的电视剧，也没有任何其他人演的孙悟空可以超得过六小龄童的版本。

我时常在想，留给我们童年深刻记忆的《西游记》到底教会了我们什么。很多东西也许只是潜移默化的，具体谈来却一无所得。今天有很多人通过不同的方式诠释《西游记》的内涵，甚至有大部头的《悟空传》这样的作品出现，还有周星驰的《大话西游》，但细细看来，这些作品终究和《西游记》并没有什么关系，无非是作者借《西游记》这壶酒浇自己胸中的块垒而已。更有甚者，用戏谑的方式解读，把唐三藏在五行山揭去封印成为最早的"撕名牌"，想象一下，唐僧大手一挥，顿时整座山谷都在回荡一个声音："如来，out，如来，out。"这个解读我也并不讨厌，甚至觉得也挺有趣的。

在我看来，《西游记》是对我们亲情和友情观念的最早启蒙，甚至还有爱情：猪八戒对嫦娥的一厢情愿，女儿国国王对唐僧的情有独钟，不能不说是真爱。关于亲情，四个男人，一匹白马，寒来暑去，结伴而行，在艰苦甚至残酷的环境下，相互之间已经超越了简单的师徒关系，几乎成了彼此的亲人。比如"真假美猴王"和"三打白骨精"那两集，唐僧一通责骂把孙悟空赶走之后，在夜深人静的时候会想起这个徒弟的种种好来，不禁潸然泪下。而友情呢，漫长的西行途中，八戒嘴上动不动就要散伙分行李，但是化了斋还是会老老实实带回来四个人一起吃，这种友情实在称得上是相濡以沫。我们看《西游记》的故事，它潜移默化留在我们幼小心灵里的就是这些说不清道不明的东西，这些东西在我们长大成人的今天还在发挥着作用。

但是今天再看，《西游记》看起来几乎是孙悟空一个人的旅行，他的角色一直是一个戴罪立功的人，有福和大家同享，但有难的时候基本是他一个人在承担。在旅途中，如来佛祖和观音菩萨不时地加强他的使命感，唐僧也总是希望这个"泼猴儿"多些归属感，但是如果问这个取经团队其他三人在取经途中有什么像样的贡献的话，那简直是一桩也没有。从一个团队的角度来看，

《西游记》可以称得上一个反面典型：唐僧自己信念坚定但并不能让徒弟们真正领会取经的意义，八戒大部分时间都在考虑怎么早点结束好回高老庄，沙僧呢，只会在悟空有事外出时帮忙看着行李，悟空回来之后总是千篇一律的一句噩耗："大师兄，师父又让妖精捉走了！"当然有时候也会有不一样的话，那就是："大师兄，二师兄也让妖精捉走了！"

　　所以我有理由相信，孙悟空在取经途中并不十分愉快，他甚至可能感到沮丧和不公平。最显而易见的一个例子就是，孙悟空要去化斋，告诉唐僧"去去就来"，走之前还不放心，给唐僧画了一个保护圈，但是他前脚刚走，唐僧后脚就偏偏跑到圈外溜达让妖精捉去。在看"红孩儿"那一集的时候，我简直要替孙悟空心疼得掉下泪来。那一集里孙悟空被红孩儿的三昧真火烧得体无完肤，从半空中坠落到一个山涧之中，久久陷入昏迷。被八戒找到叫醒之后，孙悟空睁开眼第一件事是挣扎着爬起来，要继续寻找师父。我当时在想，孙悟空一个顶天立地的男子（猴子），放着山清水秀的花果山不好好待着，不得不跟着唐僧这样一个迂腐的师父出来混社会，好不容易抓到手的妖怪还要看天上地下各路神仙的脸色来决定怎么处置，这是哪门子的道理呢？而每场战斗快要结束之前最后几分钟，总能看见八戒和沙僧拎着武器冲进山洞，然后得意扬扬地跑出来报告悟空："大师兄，那妖精的山洞被我们一把火烧了！"

　　这真是世界之谜，或者是谜之世界。

有人要说，孙悟空那是在自我救赎，完成之后还不是被封"斗战胜佛"了嘛。神仙和妖怪圈子里的事情我们并不懂行，但"斗战胜佛"大概是新起的名号，在孙悟空之前并没有听说过。这让我想到三四年前，一位我很敬畏的老领导在黑板上画了一幅清晰而又漂亮的"公司组织架构图"，然而几分钟后，他挥起黑板擦就擦掉了，一边擦一边回头告诉我们，"这种东西，随时可以擦掉重画的"。这件事情不禁给我留下了深刻的印象：人事问题说起来是个大问题，但归根结底在有些人眼里不过是可以随时涂改的粉笔画而已。在我看来，孙悟空的"斗战胜佛"的称号大抵如此。

　　那么说回"自我救赎"。任何自我救赎有一个前提就是"有过错"，孙悟空的过错在于挑战天庭秩序并把神仙们打得落花流水，脸上挂不住。这个过错，通过五指山长达五百年的压制大抵已经可以让孙悟空醒悟了，终于知道天外有天人外有人，他是跳不出如来的手掌心的。但是如来佛祖和观音菩萨大概是要检验一下他们管教的成果，于是让孙悟空走上了九九八十一难的取经之路（最后一难是佛祖掐指一算发现差了一难，为了凑数硬给摊派的）。基于这样的路径设计，是否能够完成孙悟空的自我救赎并不清楚，但是他在该要打打杀杀的时候似乎一点也没有留情，只不过吃一堑长一智，每当打不过的时候孙悟空就多了一个心眼：这一只大概又是哪路神仙家里的货吧？

　　当然，封神成佛的好处也不是没有，至少不再会被人看作是妖精搞出误会。猪八戒封到的"净坛使者"很实惠，是一个稳定的而又符合猪八戒"吃、吃、吃"人生理想的差事。但是对孙悟空而言，封了"斗战胜佛"无非是在电视剧最后一集"颁奖典礼"上风光了一把，除此以外，想不出还有什么其他的好处。

那么，《西游记》之于我们今天的参考意义到底在哪里？

这个世界存在着两种评估秩序。一种是"齐天大圣"的"花果山体系"。在花果山上，战斗力是首先被考虑的参考指标，无论是孙猴子和牛魔王们八拜之交，还是本着改善小猴子们的生存环境的目的跑到冥府修改"生死簿"，靠的都是法力和战斗力的高低。在这样的体系里，人们（猴子们）是靠着天性在生存，他们的生存是发散式的。

当然还存在着另外一套也是最普遍的一套评估体系，就是以玉帝和如来为代表的"神仙体系"。做一个天上的神仙大概是每个普通人的梦想，要不怎么有"赛过活神仙"这样的愿景呢？"神仙体系"遵循的是秩序，这个秩序有一个硬性依据，就是"道行"，是内敛的。比如玉帝本人，据说是因为侍亲至孝，众望所归做了天上的皇帝。又比如如来，对佛法有着无与伦比的领悟力，因此被万佛朝宗。这个秩序大抵是公平的，所以天上的神仙都有清晰的座次，这样的秩序时间一长就会固化，一不留神被孙悟空打上门来就现了原形。

孙悟空自己则是行走在这两种体系之间的一个异类。在取经的过程当中，唐僧的目标是成佛，八戒和沙僧的目标是重返天庭，只有孙猴子无欲无求，以打怪为第一要务，以打怪为乐趣。这个目标其实简单得多，纯洁得多，因为简单和单纯，他反而成为取经团队里立场最坚定战斗力最强的一员。经历过九九八十一难的取经历程之后，孙悟空返回花果山，如果有时间，他可能会反躬自省。他被骗着戴上的头箍，其实自始至终差不多只是个纸枷锁，也许根本没有什么所谓的"紧箍咒"，那只是来自"神仙体系"的有形和无形的要求和规矩而已。这样一个头箍，其目的只是为了迫使孙悟空由发散的思维模式转变为内敛模式，仅此而已。而孙悟空也许有一天会突然意识到，就连路上那些妖怪原来都是被安排的，取经其实就是一场驯化的游戏。

在小学快要毕业的时候，我曾经看到过一套小人书，是后人狗尾续貂的《后西游记》。书中的小八戒跟老八戒一样憨态可掬，每次逢难还是急急忙忙跑去找小悟空，喊："大师兄，师父又让妖精捉走了！" 如果《后西游记》由我来写，我一定会为他们配上新的台词，我想让小孙悟空这样回答："八戒，你回去告诉妖精，如果我师父唐僧少了一根毛，我让他活不到明天！"我想，如果这样说，会不会让孙悟空感到痛快一次，让这个世界清净一点？

毕竟，打打杀杀的时代已经过去了，而悟空已经成了"斗战胜佛"，他总不能"为佛不尊"吧？

从此王子和公主过上了幸福的生活

　　20世纪八九十年代的时候，地摊上特别流行那种模仿金庸和古龙的武侠小说，虽说是赝品，但是故事倒也能讲得头头是道，回环曲折，读来令人荡气回肠。前两年看到一个说法，说当年金庸和古龙的书卖得太好，很多有才气的作家因此没有出头之日，在夹缝中求生存，只能用"金康"和"吉龙"这样的名字来山寨一下二位大师的作品，讨口饭吃。起的名字像归像，不过即便是以我当时的阅读经验来说，这些作品也是很容易被辨识出来的。比如说，这些作品，一般会遵循一个套路：主人公出身微寒，偶遇奇人指点，突然一战成名，参加"华山论剑"，"决战光明顶"，最后众望所归地登上武林盟主的位子。这个套路令人如此眼熟，而最要紧往往是故事最末尾的一段，登上事业巅峰之后的主人公，在众多女粉丝的簇拥之下，绝尘而去，从此江湖路远。光明顶顿时霞光万道，香艳而又耐人寻味。

每次读到这里，总会掩卷长叹，恨不得能和这位主人公一样，扬鞭策马，娇妻美妾，快意人生。好的故事不就应该如此吗？满足你在现实生活中所有无法实现的臆想。就像在机场书店卖的那些畅销书，作者都深谙此道，让人在阅读的时候高潮连连，血脉偾张，乐此不疲。

在看最新的奥斯卡电影《爱乐之城》的时候，Angela在旁边哭得稀里哗啦，让我手足无措。Angela 的看法是，凭什么导演最后不安排高司令和石头姐在一起呢？她甚至还连夜搜索了关于石头姐的各种评论，以此证明她和高司令这位帅哥就是最好的一对CP。Angela大概走火入魔了，当着我的面肆无忌惮地表达了对高司令这位老帅哥的迷恋，当然，我也并不会在意，因为就连我自己作为一个男人都难免挺喜欢高司令的。观众喜欢归喜欢，可是没有发言权，故事还是得按照导演的脚本走。故事脉络开始就很清楚，就是要让这对恋人经历一些波折，然后功德圆满，但在他们貌似就要达到圆满结局的时候，导演突然镜头一转，玩了一把大挪移，生生地让两位主角擦肩而过。我给Angela解释说，你看电影结尾的一幕，高司令深情款款地弹完一曲之后和石头姐对视一笑，满是释然，俨然一副"相濡以沫，不如相忘于江湖"的架势，这样不也挺好？这番解释自然还是过于牵强，令Angela到现在仍然无法释然。

看起来我们还是更加喜欢喜剧的结尾，但最好的结局是不是正如我们吃瓜群众所期待的那样，一定就是圆满？还真的不一定，甚至，就算是"结局"这两个字，说不定本身就是一个伪命题，是所有的事情都有一个所谓的"结局"吗？

我对1949年前后发生的那段历史始终保持着极大的好奇心。后来读到白先勇的小说，了解到"眷村"的由来和在历史名词背后的一些关于柴米油盐的故事，这才明白1945年也好，1949年也好，只是一个时间节点而已，并非一些故事的结局。2009年，台湾作家齐邦媛出版了她的《巨流河》，通过这本书，我了解到，在那些简单的年号和历史事件的大幕之下，有那么一些人有过怎样的人生！齐邦媛完整地经历了那些历史巨变的时期，而《巨流河》对于西南联大时期、重庆大轰炸时期以及溃败去台的群体生活的记录让人掩卷长叹，那些令人感慨的场景在汪曾祺、沈从文和钱锺书的文章中曾经被浮光掠影地提到过，但是从未如此翔实而令人感同身受。

武侠小说被称作成人的童话，童话故事的结尾通常是：王子和公主从此过上了幸福的生活。这句话意味深长，前途灿烂，让我经常遐想王子和公主在故事结束之后的美好生活。可是童话毕竟是童话，现实生活中的查尔斯王子也要为婆媳关系烦恼不已，幸福的生活也并不总是如期而至，你看到现在他仍然还是一个老王子。生活故事可能根本不会有一个所谓的结局，故事只会有片刻的停顿，或者有的只是开启了一个新的未知而已。

既然未来并不可知，除了充满期待，保持一丝敬畏看起来是十分有必要的。

快进的人生和真正的天堂

时间这个东西，真的是让人着迷。

村上春树在他的小说中说，他总在等待一次能够读完《追忆似水年华》的机会。这样的感觉我也有，而且为此不止一次地暗下决心，最后却败给了时间。阅读《追忆似水流年》的感受，并不是枯燥，亦不是冗长，而是对平淡时光的欣赏。这样的心绪，要求读者对于时光别无所求，心如止水，才能读得完、读得懂。而什么样的时间才让人有这样的心绪呢？我曾经期待有一次长假，或者每天晚上断断续续读一点，最后发现都办不到。

我们到底在追求什么，以至于居然找不到读完一部小说的时间？今天和昨天，明天和今天，看起来毫无区别，却为何能够如此显著地影响我们的心情？今天比昨天，我们苍老了一点，身体内的细胞又新生了许多，也湮灭了不少，仅此而已。明天呢？明天又会生出新的细胞，湮灭老的细胞，直至某一天再也无有能力阻止衰老。袁了凡说：从前种种，譬如昨日死；从后种种，譬如今日生。但是如果把时间看得如此古板，人生的乐趣又在哪里？生活让我们心绪难平，才使得时间之轨有了刻度，这才是时间存在的意义吧。

我人生中第一次想要对时间前进的速度进行调整是在二十多年前。那是一个烦闷的夏天的傍晚，那时候可以接触的信息如此之少，以至于我每到傍晚7点就会守在收音机前听一档"全国新闻联播"的节目。那部收音机是"长江"牌，我记得是毛体字的商标，如果保留至今估计已经是古董了，摆在家里储藏架上，是值得向客人炫耀的东西。那台收音机对于我来说是神奇的东西，每到傍晚我便据为己有，虽然没有图像，却足够让我知道许多新奇的事情。"全国新闻联播"节目开始的时候，照例是先来一段激越的音乐，那段音乐怎么说呢？我的感受就是，它会把这个时间点之前的一切清除干净，就像是一把锋利的刀，滑过桌面，将桌面上的沙子刮得干干净净——音乐停下，主持人开始播新闻，谈的全是今天刚刚发生的事情，仿佛昨天再也不存在了。

那时候电视里还在放《新白娘子传奇》，那是一部万人空巷的电视剧。其中有一段故事，白娘子被压在雷峰塔下之后，许仙万念俱灰跑去当了和尚。看电视的人都在为两人的爱情唏嘘不已，我不禁在关心一个小问题：这俩人爱情的结晶，他们的儿子，此时不过是襁褓之中的一个孩子，以后该怎么办？现在想想，一个小学毕业生，坐在一群电视观众不显眼的角落里思考这种问题，真是有点可笑。但那时候我的确是认真的，我想，既然有了这个孩子，大家都应该对他负责，作为一个事实意义上的孤儿，这个孩子要如何度过这个艰难的时刻？后来聪明的导演解决了这个问题，他突然在屏幕上打出了一行字：七年以后……然后，下一个镜头里，那个让我担忧不已的孩子就长大了。

这一幕让我印象深刻，直到今天还记得。第二天，我照例守在"长江"牌收音机前听"全国新闻联播"，当那阵熟悉的激越的音乐响起的时候，我突然想，如果我的人生被快进到"七年以后"，会怎么样？如果被快进"二十年以后"呢？我会在哪里？我会在做什么样的事情？娶了谁做媳妇儿？有一个什么样的家庭？我一口气给自己提了很多问题，这些问题让我兴奋不已，仿佛发现了什么了不得的东西，二十年后的生活看起来那么多姿多彩，我恨不得在一阵激越的音乐之后，"duang"一下就突然到了二十年之后。

彼时的我迫不及待地想要快进到未来，大概是觉得那时候的生活过于单调，而前所未至的生活想必是很新奇的，令人充满期待。对一个十几岁的少年来说，悠长而平淡的日子实在太过于煎熬，就像《追忆似水年华》的情节一样，让人耐不住性子仔细读下去。

快进键绝对是一项伟大的发明，可以让人在看电影和玩游戏时忽略那些无聊无用的情节，但对于生活的时间而言，却是失效的。生活中某个时期，即便平淡和无聊，又或者甚至于感到痛苦无奈，你也只能沿着时间之轨按部就班地走下去。

我曾经敬爱的一位师长，在发现我们逃掉自习课跑去打篮球的时候，说：越是好的高中，越是好的大学，篮球场越是漂亮。我保证，你们到了高中，到了大学，时间会多出来，篮球场会多的是，到时候你们一定可以打个够。我们坐在堆积如山的试卷和练习册后面，认真思考这句话的意思。在那一刻，如果有快进键的话，我一定会将时间点拖到大学时代。

然而，正如进了大学之后我才发现其实并没有更多的时间去打篮球，在那个守着"长江"牌收音机畅想未来美好生活的那个夏天傍晚的二十年之后，我也并没有觉得今天的生活多么值得流连。多么平淡的"今天"啊！相比于今天拥有或者失去的，我们似乎更在意明天能够得到些什么。今天的平淡和对于明天的期待交错进行，又或者说二者相辅相成，纠缠在一起，让我们常常感到焦虑和痛苦。

和二十几年前的那次心灵实验不同，最近我曾经有好几次在睡梦里重新回到高考之前的日子。科学上说，人的一个梦，持续的时间往往只有几秒钟，最长也只有几分钟，然而梦中却感觉时间跨度很长，有的时候甚至长达几个月。在梦中为高考的事情挣扎，又回到不停做试卷的日子，看着日历对高考进行倒计时。梦里的焦虑不安如此真实，从梦里醒过来，回到现实，居然为早就已经通过了那场考试而庆幸不已。

设若真的有一条时间之轨，并且我们可以像电影导演那样，用一个"三年之前"或"七年以后"来改变人生的进度的话，我们可能才有机会窥探某一个时间点上生活的真相：我们确信无疑的美好的未来其实平淡无奇；我们想要抛弃或遗忘的过去的某一天或许刻骨铭心。时间之轨上的每一天犹如细沙，从指间纷纷而下，掩盖了生活的真相，但随着它越积越多，才益发凸显一个模糊的形状来。

　　就像是《追忆似水年华》里写到的，"我"在睡前等不到母亲的亲吻，心里非常难受。有一年冬天，他把玛德莱娜小蛋糕浸泡在茶水中吃，这味道使他想起他童年时在莱奥妮姨妈家里的情景。多年以后，"我"来到物是人非的地方，又回想起吃浸泡在茶水中的玛德莱娜小蛋糕的那种口感。至此，作者普鲁斯特的结论是："真正的天堂是已经失去了的天堂。"这和我在今天动笔写这篇文章的时候，突然想起二十多年前那个夏天的傍晚一样。我们曾经如此渴望飞向未来，因为"今天"充满平淡甚至痛苦。但恰恰相反，我们在未来同样普通的一天，回想起的却是二十年前的那个夏天的傍晚，那一个时刻的心绪，周围的气息，一部"长江"牌的老式收音机，以及收音机里传来的一阵激越的音乐。

　　那部收音机是"长江"牌，我仍然记得这两个字是红色的漂亮的毛体字，如果保留至今估计已经是古董了，摆在家里储藏架上，绝对是值得向客人炫耀的东西。

王小波先生逝世二十周年祭

在我看来，能够把杂文写得比小说还好看，并且把中文字句组合到达极致的作家，只有两个人，那就是鲁迅和王小波。我对于这个论断如此自信，以至于用了最简单的直接的句式，这不符合我写文章时惯用的抒情的方式，显得多少有些不由分说，因为我对这两位前辈的热爱，根本就是毋庸置疑的。

可惜两位先生都已经离开这个世界了，我不知道他们的墓地在什么地方，但考虑到热爱他们的人绝不止我一人，每到他们的忌日，前往凭吊的人想必不会少，所以我也并不过分自责。两位先生生前受到的毁誉可谓车载斗量，他们"横眉冷对千夫指，俯首甘为孺子牛"，纪念也好，批评也罢，我想，他们大概是不会在意的。

我们以前的中学语文课本里，每一学期都收录有几篇鲁迅先生的文章。老师经常会提醒我们要预习课文，我们对这个要求往往不以为意——除了有鲁迅先生的文章的章节，他的文章总是在新课本被发下来的当天就已经被我急不可待地通读一遍的。考试的时候，鲁迅的文章和句子被考到的次数总是很多，因为他的句子经常会玩一些文字游戏，就像魔方一样，值得长时间的反复地玩赏。很可惜，几年前，听说他的文章从课本里被删掉了许多，我不知道《记念刘和珍君》《为了忘却的记念》这些文章还在不在。在夜深人静的时候，我扪心自问：我希望它们都还在。

王小波连从课本里删掉的机会都没有。他的正统性从来就没有被证明过，由于在最嘈杂的时代出现并消失得太快，他的文章和思想还来不及被抬上神坛就湮灭了。我购买的第一本王小波的书是杂文集《沉默的大多数》，在1998年，那时候他已经去世一年多了。学校的包玉刚图书馆一楼大厅的书摊，大量地摆着刘墉的书以及被命名为"心灵鸡汤"的英语小册子（真的在封面上直接印着"心灵鸡汤"四个大字，并非骂人），今天想起来，我怀疑当时我们在那儿看到的书大多数都是盗版的，因为多年以来在路边摊上看到的盗版书的摆放也大抵如此。在大量的盗版的刘墉和"心灵鸡汤"中间，我发现了那本从名字到内容都桀骜不驯的《沉默的大多数》。众所周知，大学的时候不再有机会在课本里阅读鲁迅先生的作品了，因为我们已经通过了高考，似乎不再需要靠琢磨鲁迅的文字来帮我们挣分数了。在这样的"空窗期"居然让我发现了王小波的书，随手翻读几篇，当年在拿到语文新课本时迫不及待地翻读鲁迅文字的快感又出现了，我当时对这位作者知之甚少，并不知道这位叫"王小波"的作家刚刚去世。那本书的价钱大概需要花费我三天的伙食费，我绕着书摊转来转去，内心在做着剧烈的斗争，我的手揣在裤兜里，将几张饭票几乎攥出汗来，最后终于咬咬牙决定将那本书买下来。

我很庆幸，我阅读王小波是从他的杂文开始的，如果是从《黄金时代》开始，我对他的认知一定会误入歧途，也许会翻着翻着突然啐一口唾沫，脸红心跳地掉头走开。当然，王小波在文学史上的地位，大概还是会靠他的小说而不是杂文来奠定，但对于他杂文文字的喜爱实实在在地遮住了我的眼睛，除却巫山不是云啊。王小波的小说呢，真是荷尔蒙爆棚——男的叫王二都在革命，女的叫陈清扬都在风情万种！革命和性如此和谐地被他安放在一起，甚至相得益彰。李银河在王小波的悼文中称王小波为"浪漫骑士"，这是真的，王小波笔下的革命和性都充斥着浪漫，尽管我们都看得出来，王小波有些排斥革命的浪漫，但他特别热爱性，好在，他的文字的基调是色而不淫，所以不至于被"此处删减三百字"。王小波也是知青，但并没有把自己变成梁晓声或者韩少功第二，他的小说也无法被归类为寻根文学或者伤痕文学（曾经有人这么提过，但王小波不以为然），实际上，王小波的小说跟他这个人一样，桀骜不驯，自成一派。

而杂文呢？今天我们很多人对下面的句子都耳熟能详：

人的一切痛苦，本质上都是对自己的无能的愤怒。

我选择沉默的主要原因之一：从话语中，你很少能学到人性，从沉默中却能。假如还想学得更多，那就要继续一声不吭。

一个人只有今生今世是不够的，他还应当有诗意的世界。

一个人想象自己不懂得的事情很容易浪漫。

我对自己的要求很低：我活在世上，无非想要明白些道理，遇见些有趣的事。倘能如我愿，我的一生就算成功。

……

是的，像"诗与远方"这样让人眼红耳热的句子，王小波早在二十年前就已经说过了，今天如此多的人还在膜拜高晓松的版本甚至还有人把它谱成歌曲来传唱，在王小波的忠实读者看来，简直有些荒诞。

在文章里，王小波迫不及待地将自己归类为"沉默的大多数"，这事儿多少有些经不起推敲，他是"大多数"吗？我实在有些怀疑。王小波的思想，正如他在书里面反复提到的那样，深深地打着罗素自由主义思想的烙印，简直可以说，王小波非但不是一个吊儿郎当的"屌丝"，而是一个高举自由、理性大旗的精神贵族。他提到罗素的次数如此之多，以至于我曾经专门买了四卷本的《罗素文集》来看。

我很遗憾没有和王小波在时间上形成真正的交集，在我真正读懂他的小说和杂文的时候，他已经死去好几年了。但其实，在我心里，遗憾只是一部分而已，我多少还有一些庆幸。如果王小波还活着，他今年已经65岁了，以他的才气和多产，大概会和村上春树一样每年都在候补诺贝尔文学奖。想想村上春树每年都被拿出来调侃一番，我心有戚戚焉，如果王小波还活着，他很可能不会像村上先生一样沉默，万一他要是受不了这个窝囊而破口大骂，那该是怎样一种尴尬的场面啊？

所以，在今天，我要庆幸自己还能毫无顾忌地阅读王小波二十多年前留下的文字。《我的精神家园》也好，《黄金时代》也好，都是黄钟大吕般的文字——多年以前，王小波在《我的文学师承》用"黄钟大吕"来称颂前辈的文字，今天，我也愿意在他的二十周年忌辰之际，用这个词来赞美他。他的文字和他的文字背后所代表的自由理性的态度，在二十年之后的今天，在多数人不再沉默的今天，对于愿意做时代批评者的人而言，都是值得尊重和学习的。

再过几天就是王小波先生逝世二十周年的忌日，想必到时候会有成千上万的人凭吊他。我自知无法达到王小波先生的成就，但我愿意在今天学习他，并用自己的文字祭奠他。愿他所在之处，能是一个诗意的世界。

第四章

思考，天生我材必有用

一条反熵的鱼

忘了是什么时候看过的报道，说有一种鱼，每年到了一个特定的季节，就会从大海里游回来，冲过出海口巨大的逆流，溯江而上。沿路并无坦途，还得躲避精明的渔人们的捕杀，最终到达目的地时只会剩下出发时数目的十分之一，甚至更少。这些鱼遵从着古老的神秘的天意，逆流而上，一切为了族群的繁衍，每年一次，不折不挠。

作家王小波把这种像鱼一样坚持逆流而上的这个现象称为"反熵行为"。王小波是一位对理工学科保持旺盛兴趣的作家，这一说法应该是经过反复推敲的。从热力学上说，一个独立系统，在没有任何外界力量作用下，会产生不可逆的增熵现象，比如高温的物体自然冷却变成低温，这种自发的行为往往是增熵行为。反过来讲，那些并不是自发的行为包括大多数有意义但让人感到为难的事情往往需要外力推动，都是反熵行为。比如读一本很难的专业书，比如攻克一个问题等。王小波曾在《我为什么写作》中将自己的写作行为解释为一种"反熵行为"，潜台词就是说自己干的是吃力不讨好的活，就是这个意思。回到鱼身上，冒着巨大的种族灭绝的风险坚持逆流而上，自然也要算是一种典型的"反熵行为"。

而人类则和反熵的鱼恰恰相反。按照最新的物种进化理论，人类早期是没有资本可以待在家里什么也不干的，必须冒着巨大的生命危险去捕获食物，到后来呢，则演变为分工明确的男耕女织，及至于今天，则进化到可以足不出户地在温室里随意培植杂交的作物。这样的进化，从技术上来说貌似进步了，但是从人类能否适应苛刻条件的角度来说，实则是一代不如一代。这么说可能要被人骂娘，可是你再看看骂娘所使用的语言吧，古人着眼于"仁义道德"，今天的人常常会关心生殖器，不能不说也是人类退化的一桩明证。

在人类的长河里选择随波逐流，从我们自身感受来说自然是比逆流而上更加惬意。心理学将人对于外部世界的认识分为三个区域：舒适区（comfort zone）、延展区（stretch zone）和恐慌区（stress zone）。就是说，如果你每天只需要墨守成规按部就班地应对自己熟悉的事物，那么你应该没有太大压力，感觉很舒适。但如果你常常面对的是新鲜事物，又或者在处理事情时常常需要你做出并不情愿的改变，那么你就是在接受挑战，就会感受到被推动拉扯，如果推动的压力（pressure）再大一点，超过了忍耐度，就很容易让你产生恐慌（stress）。这个世界上只有两种人例外，一种是吃饱了饭没事干的，还有一种是就连温饱都没有解决的，除此以外的大部分人都会选择待在舒适区里，因为在这里你可以惬意地随波逐流、顺其自然地增熵，真可谓得心应手。

没有谁愿意待在延展区，比方说骑自行车，谁都知道骑下坡路舒服，骑上坡路是费劲的。有一位北大才子蔡恒平写过一篇文章《上坡路和下坡路是同一条路》，但那只不过是标题党，不信你自己骑骑看，看上坡路和下坡路是不是同一条路！

但是生活经验告诉我们，想要舒舒服服地骑车走下坡路，就不能不常常要费劲地把车推着走上坡路。每次在费着劲推车上坡的时候，我们总是一边擦着汗一边想着，待会儿下坡就舒服了。所以合理的建议就是，你得一会儿享受下坡一会儿忍受上坡，让舒适区和延展区交替进行，这样你人生的道路才会螺旋式上升。

是否能够产生螺旋式上升的结果我们并不知道，但是心理学研究结果确信，只有经常待在延展区里，人们才会进步。比如我自己，就阅读这件事情而言，我的感受就是，一本故事书读完会让我产生强烈的智力优越感；而为了学习写作的技法，我也不得不皱着眉头硬着头皮读一读普鲁斯特、莫迪亚诺的书，这些书每一本都要耗费我大量的时间和精力，但是读完了总能得到一点有用的经验。

然而最近几年人们还有一种倾向，开始喜欢阅读和跑步，他们通过阅读和跑步来平衡自己的生活，村上春树甚至写了一本书《当我们跑步时我们谈些什么》。还有一些人，开始寻求反璞归真，喜欢穿透气干爽的麻布衣服，热衷程式繁复的茶道，并从中寻求身心的片刻平静。更有甚者，还有不少的人索性躲进终南山中过起了隐士的生活。每当看到这样的报道我就不禁会想，这些人是真的勇士，有如此之大的勇气，割断和这个世界建立起来的情感纽带，只身进入孤寂的修行。但是最近又看到报道说，很多勇士有的在山里日渐穷困无以为继，有的竟然已经用大卡车将游泳池和咖啡机运上山去了，我才明白哪里是隐士，不过是摆了一个大大的"甫士"（pose）而已。这大概是一个最常见的误区吧，以为外在的标新立异就能掩盖对于随波逐流的焦虑。

2014年我们到新西兰的一座小城市Omaru看企鹅。当几十只企鹅被海浪冲上岸时，我们很难想象，就是这样一群小东西刚刚经过了巨大的努力，在惊涛骇浪中挣扎着游回岸边，回到这片海滩上遮风避雨封妻荫子。它们身长不到一尺，颤颤巍巍地走向自己的窝，看到周围围观的人群还不禁露出畏惧的神情，实在是一个脆弱的物种。然而它们仿佛遵从了某种神秘的召唤，在大海的风浪中毅然决然地逆势游弋，展示了自然界某种超越它们弱小身躯的强大的力量，这种力量让人敬畏，也让我们不远万里赶到这里来观看他们，同时在内心里暗暗向它们学习。

　　偶尔读一本之前读不下去的书，做一些看起来并不那么容易的事情，远离舒适区，尽量让我们在人生的长河里选择做一条不想随波逐流的鱼吧。

鸡同鸭讲之一

我和我的父亲经常在餐桌上就某个问题争论不休，到最后谁也说不过谁，结果往往是吃完饭之后也不能相互原谅，于是他喝他的茶，我看我的电视，都懒得彼此再多看一眼。这个现象出现的次数太多，以至于我渐渐就不和父亲讨论什么问题了，就连"您老昨晚睡得可好"这样的普通问候都懒得提。

后来看海清演的电视剧《双面胶》使我产生了顿悟。因为这部电视剧虽然讲的是家长里短，但是却提出了一个重要的命题，那就是每个人的脑袋确实是被屁股决定了的。二三十岁的女人看这部戏，总觉得戏里的婆婆太苛刻；而老太太们看起来又是对海清扮演的儿媳咬牙切齿。这真是一个有趣的现象，以至于婆媳完全不可能坐到一起来看完其中任何一集电视剧，一集电视剧不过四十分钟而已，而因此引发的婆媳之间的不满可以让整整一天的时间都充满着火药味。

　　我的思考是，为什么同样一件简单、客观存在的事物，生活在同一屋檐下的两个人的看法竟然有如此大的差异？事情本身大概不是关键，只能说是人的问题。这恐怕是科学技术都无法解决的问题吧。

　　马斯洛在《人的动机理论》中把人的需求分为五个层次，这是大家所熟知的。然而马斯洛没说明白的一点就是，其实每个人并不是同等地具有这五个层次的需要。当然，并不是说谁就比谁更高级一点，只不过有的人更需要安全感，有的人更追求成就感；即便是同一个人，不同的时期需求的侧重也是不一样的。比如说爱情这件事，有的人无非有个经常性的生理需求，有的人在精神上感天动地爱得死去活来，而肉体上只能维持十三秒。两个人谈恋爱，年轻的时候更关注对方的身体，到了中年以后身体渐渐不那么吸引人了，开始关注对方是否在乎自己——试想一下，如果时间顺序是反过来的，那该多可怕啊！

　　有需求即是动机，有动机就会产生行动，行为表现不同最后只能追溯到需求不同这条根子上去。而对于需求的渴望程度不同则完全是由人所能涉猎的信息、所能占用的物质资源决定的，本质上说，物质决定很多事情。如果两个人信息、资源不对称，你很难相信这两个人会对某件事情有相同的做法和看法。这竟是一个不争的事实。

　　比如鲁迅先生笔下的阿Q，对于革命的理想，无非就是睡一下秀才家的宁式大床，顺便还要欺负一下隔壁庵里的老尼姑。这个故事还有更新的版本，有两位老贫农，谈起革命胜利当上大官后的设想是：每顿都能吃上一大碗面条，辣子还要加得多多的！我相信这是真的，而不仅仅是个段子。我们活在一个段子手横行的时代，段子有时候比我们的生活还真实。

看到这里我知道你一定在想，那么，你到底想说什么？我自然不只是想说说婆媳关系以及阿Q的段子。作为一个文字工作者，我常常要思考一些东西，得出一些结论，结果就经常招来一片讨伐之声，大意就是，你凭什么这么说？什么是×××？你才是×××！我真是百口莫辩，不知道评论者为何要激动到这般田地！这就是我们经常面对的现状，很多人往往还来不及掌握更多的信息就急于反驳。世上很多的误解大概就是这样产生的吧？你我的观点不同，往往不是因为立场的不同——你我本来就不一样，你大概是还没有做好准备要了解我而已。

鸡同鸭讲之二

　　每次吃苹果的时候我总是想起初中时的一位生物老师来。这位老师姓郑，面相朴素得过分，看起来并不像一个知识分子。他之所以给我留下深刻的印象是因为他曾经给我们讲了一个十分深刻的道理。有一次，谈到细菌的问题，郑老师问我们：你们觉得洗苹果用哪种方式可以洗得最干净，是擦洗还是冲洗？答案是冲洗更干净。我至今仍然能够回想起那一刻整个教室鸦雀无声的情景，因为郑老师问的这个选择题我们根本就没有经历过：彼时的苹果之于我们而言几乎就是奢侈品，有得吃就已经不错，哪里还有比较的经验呢？我们当地并不出产苹果，市场上售卖的苹果几乎都是从外地长途运来的，只有极少数的人家才能经常享用到。

　　这样的事情放到今天来讲几乎就是个笑话，但是类似这样的笑话在生活中却很普遍。生活中的很多笑话、很多误会大都是因为类似的原因产生的。可以说，知识面、经验的差异并不会因为心存善意就会被消除，相反，只要这样的差异存在，误会和矛盾就会加深。

20世纪80年代曾经产生过很大的一场争论：外国的月亮是不是更圆？当时有过出国经验的人通常都会持激进的立场，恨不得拉上还穿着蓝布褂子的同胞去眼见为实，然而最后却被扣上崇洋媚外的帽子。这个话题放到今天似乎已经不是一个问题，但是事实上却未必，只是换了一种表现形式而已。你只要翻开微博，看看大V们对于一些社会问题的讨论，就能心生悲凉。这些大V，无疑就是当今社会的精英，无论是见识还是经历都应该远远高出社会平均水平，可是即便如此，时至今日，对待一个问题的讨论仍然囿于非左即右非黑即白的水平，因此微博上的讨论往往只看到唾沫横飞，唯独不见真理。大V尚且如此，普通粉丝们又如何能够独善其身，自然是跟风站队，拉开架势集体撕逼。至于最初要讨论的那个话题，早就被论战的双方忘到九霄云外去了。

我时常思考这个问题。为什么明明事实很清楚也很有意义的一件事情，最后会沦落到如此不堪的地步？为什么原本都秉承温良恭俭让宗旨的双方，最后会在论战中陷入你死我活的境地？在我看来，往往其中一方本着善意，基于自己掌握的情况，想要探讨一个更好的未来；而另一方恰好没有见识过、经历过，往往无法理解还存在一个更好的可能性，而给予否定和排斥。这大概就是问题的症结。

2012年之前，我们用得最多的APP是新浪微博，微博用户黏性如此之大，让我们觉得微博已经无所不能。某位著名的天使投资人曾经说，每天早上还没起床，打开微博，他就有一种批阅奏章的快感，各种信息纷至沓来，微博变成了他工作、生活的一种重要方式。正因为微博如此之好，2012年，当一位朋友建议我用一用一个叫作"微信"的APP时，他遭到了我的无情唾弃。因为当时在我看来，微信无非就是QQ即时通信的一个升级版，和以前使用过的群聊功能并没有什么不同。三年后的今天，当我们俩坐下来看这件事情的时候，自然是觉得当时的争论很可笑，因为时间和经验已经填补了我们认知的差异。然而当初，我们彼此在这件事情上互相的不理解曾经的的确确是一条巨大的鸿沟，这条鸿沟居然真的存在过，让今天的我们觉得不可思议。

但是，现实生活中、工作中的事情通常不会给你三年时间让你抹平鸿沟。很多时候，如果不想陷入争论，不想继续鸡同鸭讲，就必须要让双方摒弃成见，先站到一个大家都能接受的平台上来。这样的一个平台应该是一些基本的共识，这样的共识就应该是所谓的"常识"。比如微信和微博。微信的使用者自然是因为有了更好的使用体验才会积极推荐这个新的工具，微博的使用者大概是已经熟悉了这个平台并且想象不出微信能够提供更好的可能性，才会拒绝尝试。这两件事情并不对立。在这件事情上，双方的差异在于使用习惯和使用目的不同。认可这两个不同就是一种常识，基于这种认识进行讨论，无论是哪一方都会更加心平气和。

我十分钦佩有两位作家在过去三十年里为建立这种常识所做出的努力。一位是日本作家村上春树，还有一位就是童话大王郑渊洁。我曾经多次在争论中使用他俩的例子。村上春树是一位个人主义者，崇尚孤绝的生活，在生活中喜欢一个人独处自得其乐。正因为如此，他从不接受强加于人的教条，在他众多的作品里，他尝试构建很多不同的场景，并探讨在这些场景下的可能性。村上春树作品的最伟大的贡献就是呈现各种生活模式的可能性。郑渊洁的童话很多人都读过。我在微博上关注到郑渊洁是因为发现他从来不争论，即使被人质疑和指责，也总能保持不生气。他的不生气并不是妥协和刻意忍耐，相反，郑渊洁对待问题采取的方式是开放式的，他总能找到问题中最基本的点来简单回应，从而把问题的本质凸显出来，最后回归常识。而反观其他人，则往往因为智力的优越感或者自尊心，为急于解决问题而陷入论战。

从某种意义上说，村上春树和郑渊洁是在生活上真正通透的人。他们不会因为领先而产生优越感，不会因为落后而产生排斥之心，他们判断这个世界、这个社会的基本准则是回归常识。可以说，常识可以避免鸡同鸭讲的情况，可以让人放弃优越感和排斥心，才是使人真正进步的原始动力。

鸡同鸭讲之三

总体来讲，中国人是不太相信语言的建设力量的，虽然人们通常装作听得津津有味，但毋庸讳言，这大概是出于礼貌。以语言力量作为工具的职业比如律师，TVB剧中的律师大多巧舌如簧，往往在关键时刻上演大逆转，既演足了自己的戏份，也赚足了观众的眼球。现实中的律师不是这样的，至少我认识的律师朋友不但不是伶牙俐齿的性格，甚至多少有些木讷——因为要比常人更了解和遵守章程，所以看上去往往有些死板。现实中，那些话少的律师反而更容易赢得信任。

但是我们通常会被语言的破坏力量打败。刘震云写过一本有意思的小说《一句顶一万句》，看过这本小说的人都知道，刘震云并不是在为语言的力量辩护，相反，他的观点是认为，一旦说错一句话，就算之前说了一万句正确的话都没有用。据我所知，刘震云本身是一个很能聊的人，这样一位喜欢聊天说话的人专门写了一本小说来告诉读者要警惕语言的破坏力量，那道理应该是被他亲身验证过的。

因此想来，无论是语言的建设力量也好，破坏力量也好，其实往往是说者无心听者有意的。听的人是否接受某一句话的观点，直接关乎这句话有没有意义。你说一万句，别人左耳进右耳出，听听就好，没人会放在心上。关键是最后那句话，你一不小心碰到了听者的痛处，伤了他的心，之前一万句话因此一笔勾销，从此他只记得你最后那句话——这句话从此入了心了。所以，一句话有没有意义，往往在于听者，而不是说话的人。

俗话说，你永远叫不醒一个装睡的人。装睡的人并不是真的睡着了，只是他有意关上了心门，那么即使你说了再多有意义的话，他一句也不会放到心里去。现实生活中这样的例子是比比皆是的。比如下定了决心要离开的恋人，比如互相视为仇敌的婆媳，比如各持己见的微博大V。要么是彼此死了心，要么是立场坚定，要么是各为其主，对方的话是一句也听不进去。几年前有部电视剧叫《双面胶》，讲的是婆媳关系，据说如果婆婆和媳妇在一起看的话会打起来。更久的几年前还有部电视剧，非常有名，陈道明和蒋雯丽演的《中国式离婚》，我看了之后十分同情陈道明演的角色，觉得这个男人委屈极了，可是女同事恰恰相反，她们十分理解蒋雯丽。

我常常想，为什么看起来再明白不过的同一件事，不同的人会有区别如此之大的反应，大概是心门选择性关闭的问题。就像生活或者工作中，我们认为明白无误的一件事情，对方偏偏不能理解和接受，反而提出反对。这种情况实在让人感到困扰和沮丧。唯一能让人最终可以释怀的解释是，听你讲话的人可能因为某种原因恰巧在那个时候关闭了心门。

我是一个喜欢试图说服别人的人，曾经认为只要真理在手就能所向披靡。但是偏巧这个社会是一个多元化的社会，处处可以体验到无法说服别人的挫折。比如你认为人就应该过积极向上的生活，偏巧遇到一些愿意得过且过的人；比如你想什么事情都能谈谈清楚，偏巧遇到一些喜欢专攻下半身的人；比如你认为合作可以共赢，偏巧对方更加相信巧言令色威逼利诱的权术。在这样的时候，沮丧和挫败感是无法帮助你的，事实充分逻辑明确的语言也是无法帮助到你的，即便多说，那也是鸡同鸭讲——在这样的障碍面前，逾越的唯一方法就只能是像坦克一样碾过去，或者忽略它，装作视而不见。

一句顶一万句，但是即便如此，坐而言不如起而行。语言终究是靠不住的。

鸡同鸭讲之四

七年前我和一位同事坐飞机出差，因为是第一次去大陆以外的地方，我显得格外兴奋而又有些不知所措。同事坐在旁边，很从容的样子。他比我只大一岁，但是处处表现得更加成熟得体，于是我花了一些时间向他请教，怎么样才能做到他那种程度。虽然几年之后我自己有了不同的答案，但是他当时的建议至今我仍然记忆犹新并且受益匪浅。他说，第一个是要有个人品牌意识，还有一个，就是阅历。

这自然是纯粹的处世哲学，简单而又实用，以至于我听到之后恨不得马上就要亲身实践。关于阅历，这位同事给我的建议是，有机会的话，尽可能去不同的国家游历，阅历和年龄固然有关系，但是刻意的经营一定会加速积累的过程。因为经历的不同，阅历自然不同，因此人对于事物的看法一定会有差异。

在随后的几年里，因公或因私，我去了不少中国以外的地方。记得我去美国的时候，朋友带我参观硅谷，当谷歌、苹果这些公司出现在眼前的时候，我是多少有些吃惊的，吃惊的不是规模多么宏伟，相反，这些公司的建筑都十分朴实、随意。抵达苹果公司门口，正是下班的时候，很多人骑着单车出来，相互道别，从容而又真实。我之前见过很多国内公司下班时候的状态，职工们鱼贯而出，身穿一模一样的工作服，场面嘈杂，人们因为疲惫而面带萎靡。所以，非要亲眼得见，我才能知道，原来一份普通的工作也可以那么体面、从容。

后来我又慕名去拜访了斯坦福大学。中国有句话说："大学者，非大楼之谓也，大师也。"斯坦福大学有什么大师我并不十分清楚，但是大楼的确建得相当漂亮。那样的漂亮，不是"树小墙新画不古"的那种做派，相反，那里的建筑和树木相得益彰，古朴、静谧，让人感觉在这里学习是一件幸福的事情。斯坦福大学的纪念教堂（Memorial Church）据说是中国游客必去的目的地之一，多数人去那里是为了讨个吉兆，希望自己的子女能够来这里深造。教堂相当大，参观的人很多，大多数是中国人，但是出乎意料的是这里十分安静。原来，到了那样一个优雅、安静、洁净的场所，习惯于前呼后拥的国人也能变得彬彬有礼、井然有序。

我时常会想起这两幕情景。我是一个有着固执的乡土情结的人，尽管如此，我仍然对那些我亲眼见过亲身经历过的国外生活心生好感。这种好感的意思是，我尽管没有过那样的生活，但是我仍然知道那是"更好"的生活状态和生活方式。

这种阅历上的差距很可能是现实生活中产生鸡同鸭讲情况的原因之一。很多时候，我们因为不知道原来还有"更好"的可能性，而丧失自己的理性判断。

说回关于大学的话题。我们在读书时期就经常听说要"创建世界一流大学"的口号，我们习惯于从SCI索引论文数量、教授数量来进行各种各样的评比，来设定"世界一流大学"的目标，唯其如此，成为"世界一流大学"仿佛指日可待。但如今，以我有限的阅历来看，如果以斯坦福大学甚至悉尼大学这样的学府作为"世界一流大学"的标准来看，我们的差距可能比想象中要大得多。如果你认为我这个结论太过于武断，那么请你有机会去看看人家的大学，你就知道有一种"更好"的存在。

同样的情况也存在于工作和生活中。在一个相对封闭的体系内，任何新的想法和做法都容易招致反对，这种反对的出发点想想其实是十分可笑的，只是因为原有的体系并不知道有"更好"的可能性。这也就是许多改革方案胎死腹中的原因。在这件事情上，往往不能指望组织的包容性。正如王小波所讲的道理，趋利避害是一个"减熵"行为，符合人性的基本需求，而改变则意味着需要"增熵"，即便是从热力学上讲也是个吃力不讨好的事情。

那么，出路在哪里？这里我想起了读大学时期的事情，那是千禧年左右，互联网正在蓬勃兴起，如今的那些互联网大佬们当年还都是刚刚从硅谷回来的年轻人，那时候的互联网应用远没有如今这样普及和理所当然。那些海归的互联网新贵，在美国见识了互联网应用的神奇，回到国内却发现几乎是互联网荒漠，在那样的情况下，强行灌输理念几乎是不可能的事情。因此，几乎所有互联网公司都采取了一个最简单的业务拓展模式：免费——不仅免费，还额外送礼品。相信如今三十五岁左右的人当年都有类似的经历，去大学食堂吃个饭，回来手里就有一大堆各大公司硬塞的鼠标垫之类的廉价礼品。免费的好处是什么？就是让人在没有感觉到"增熵"的情况下完成一次新知识新技术的体验，免费会让"增熵"的痛苦降低甚至变成一种令人愉悦的过程。

　　这就好像另外一个著名的营销学故事，作为一个皮鞋销售员，你恰好被要求去一个海岛推销，然而恰好那里的人没有穿鞋子的习惯，所有人都是赤着脚走来走去。你当然可以离开，但不巧你正好知道穿鞋是个"更好"的体验，那么你接下去的任务就是，通过某种相对令人愉悦的方式，让岛上这些化外之人体验到穿鞋子的好处，从而变成鞋子的忠实用户。这个过程，除了智慧，恐怕更重要的是耐心。

　　我对人类拥有的耐心深信不疑，因为如果"减熵"是一个必然趋势的话，人类不至于进步到今天这个地步，也许早就和恐龙一样灭绝了。既然"增熵"是进步的必经之路，知道有"更好"的世界的人们，请你们务必耐心些，建设一个"更好"的世界只不过需要多一点点时间而已。

防傻设计

世界上的事情谁能说得清！北京八达岭野生动物园猛兽区居然有女子不顾群虎环伺而愤然下车，以至于还没来得及和丈夫论完理竟被老虎叼了去，自己虽然侥幸没死，但是却把情急之下下车救人的亲妈送进了虎口。这个事件并不复杂，但是因为立场不同，竟然在网上吵成一团，以至于连《人民日报》这样的国家媒体都要掺和进来说两句。着眼于人情世故的人骂这名女子"贱人就是矫情"，没被老虎咬死已经是对得起她了；着眼于制度建设的人则不同，他们看到的是动物园在防范这种突发事件时措施的不足，以至于眼睁睁看着两名女子被虎叼走而不能相救。我倾向于认为这名女子实在是"矫情"，以这样的脾性，即使今天不被老虎叼走，来日大概也要被其他的什么东西叼走；但我更加认为，假使我们只是来一起谴责这名女子的错误行为，其实也是无济于事，只要动物园继续这样运行下去，下次一定还会有另外一名女子或者男子会遇到同样的情形。因为动物园不可以默认每个人都有足够的知识和常识遵守明文规定的纪律，即便是有足够的知识和常识，难保游客不会在某一个时刻突然爆发情绪问题，那么知识和常识在情绪爆发面前通常是没有意义的。为了避免出现某一时刻因为个体差异产生的无法预料的异常，我们通常需要预先做"防傻设计"。

我曾经供职的前东家有一条铁律，至今让我还在受益。我在九年前入职的时候就看到过一个很奇怪的口号："目标是0。"我们通常说，我们的目标是60分及格或者80分优秀，目标是0的话不管是什么都令人奇怪。前东家说的这个目标指的是安全目标，那就是要让出现安全事故的情况为0，他们之所以在这个目标上如此坚定，是因为背后的逻辑是：任何事故都是可以预防的。这家公司的所有员工都被要求；上车第一件事情是系安全带；上下楼梯必须手扶扶手。记得我上班第一天听到这样的要求不禁哑然失笑，因为这无异把所有人当成小孩子来对待嘛，公司的楼梯如此宽敞明亮，能摔倒的概率大概极低。但是这个规定被一丝不苟执行下来，即便是在公司以外，一干人等上下楼梯都是单手或虚或实手搭楼梯扶手，成为美谈。这个制度背后的逻辑就是，谁都无法预料在某一时刻人是否会产生短暂的意识混乱或者行动混乱，那么手扶扶梯就能让你在这种错乱发生的时候离保护装置近一些：因为人在跌倒的时候往往会下意识去抓住离手最近的东西，如果手就在扶梯上，那么跌倒的概率真的就会几乎是0。这就是一种制度上的"防傻设计"。

"防傻设计"的学名是冗余设计。"百度知道"的说法是：通过重复配置某些关键设备或部件，当系统出现故障时，冗余的设备或部件介入工作，承担已损设备或部件的功能，为系统提供服务，减少宕机事件的发生。为了避免拗口的称呼，我宁愿称之为防傻设计，人的大脑系统出现问题，无法正常处理事情，不就是傻了嘛，哪怕是暂时的。

几年之前我们在报纸上读到了一个匪夷所思的案件，一个美国老太太在麦当劳喝咖啡被烫了嘴，于是她和麦当劳打起了官司，麦当劳最终被判败诉，赔偿给老太太几百万美金。这件事情反复被人们当作美国是法治社会的证据在传说，以至于后来又出现"美国老太太踩上泼洒在地上的可乐摔倒而起诉可口可乐公司"这样的段子。其实，美国老太太对于麦当劳的胜诉的关键并不是"烫到嘴"这个后果，如果只是针对这个后果，赔偿金额不可能达到几百万美金。事实上，这个案件胜诉的关键就是对于"防傻设计"不到位的惩罚性判决：咖啡据说是在80℃的时候喝起来最香，但人在饮用的时候只能承受到60℃，而麦当劳不仅仅没有做出相应的防范，反而诱导了老太太在80℃的情况下饮用，而导致了烫伤。律师起诉时的焦点是在"防傻设计"不足上，而不在于老太太个人被烫伤这个孤立事件上——因为只要不惩罚麦当劳的这个设计，那么下次很可能会是另外一个老太太或者老头儿被烫伤。从这个意义上讲，麦当劳赔偿的几百万美金不是多了，而是太少了。从这个事件回到北京八达岭野生动物园的案例，我们显而易见就能知道问题的症结不在于这个女子的"娇情"，而在于动物园"防傻设计"的缺失。

我关注到，除了日常生活中的"防傻设计"，思维领域也同样需要"防傻设计"。

"北京八达岭野生动物园老虎吃人事件"的余波还在继续，甚至可以说，关于这件事情探讨的声音甚至已经超过了这件事情本身。有人通过互联网人肉出了该名女子以及家人的身份，证明他们是"未婚先育"；还有人报道在事件发生之后，该女子的父亲跑到医院ICU（重症监护室）无理取闹，甚至有人挖出猛料，说这名女子及其父亲在出事以前就在同一家医院当过医闹。所有的这一切爆料，其目的只有一个，是为了说明这名女子行为异常以及造成异常行为后果的必然性，一句话，就是为了说明这名女子"罪有应得"。理性的一方，也就是认为动物园负主要责任的一方，主要是一些微博大V，在事件发生之后开始大量普及"冗余设计"的概念，企图说服"不明真相的群众"。作为用"旁光"观察整件事情的观众，比如我，在双方互吐口水的过程中选择默默关上了微博，以图耳根清净。

我是支持这些大V公知的，因为他们有较高的知识层次，而且本身又置身事外，不至于当局者迷，往往可以提供比较中肯的意见。但是熟悉微博的人都知道，即便是我们看来十分中肯的意见，一旦被放在网上，往往起不到"真理越辩越明"的作用，而是被如潮水一般涌来的看起来很奇怪的观点淹没，涌来的很多言论甚至谈不上是观点，而只是对"楼主"（网络对最早发帖者的称呼）祖宗先人们的问候。这件事情恐怕是公知们始料未及的，他们有的反过来问候某些粉丝的祖宗们，有的则选择高悬免战牌，只谈风月不论国事。那么，关于"北京八达岭野生动物园老虎吃人事件"演变成"'老虎吃人事件'的事件"，问题的症结在哪里呢？我认为也在于"防傻设计"的缺失。

经济学上，根据薛兆丰教授的观点，有一个很好的简化问题的方法，那就是通过提高价格（或者说获取成本）的方式，把一些并不那么必须的需求去掉，以期让真正要紧的需求得到更好的满足。微博的评论设置则完全没有这种机制，因此每一个公知一旦选择发表一个观点，就必须接受回复和评论包括不同观点甚至人身辱骂，因此可以说，因为微博"防傻设计"功能的缺失，公知大V们就必须承担被辱骂的后果；如果要选择用拉黑、回骂甚至动用法律手段的方式，那么公知们自己为这些"防傻设计"付出的成本就太高了。因此，微博之所以沦为一个情绪发泄的地方而不能成为一个舆情参考，其"防傻设计"的缺失是一个重要原因。

但是公知里面也有不少幸存者，比如王小山和和菜头。王小山处理的方式是通过和评论者的互动来不停地修正和完善自己的观点。王小山最初的观点是直指动物园的过错，但是一部分网友的反对意见让他意识到"冗余设计"也有例外的情况，比如高速出口弯道就无法绝对做到让驾驶员100%不出事故；但大多数网友提供的意见却也让王小山更坚定了对"冗余设计"概念的观点，比如游乐场所的过山车这些游戏，对游客有绝对的限制，装置在运动过程中要求绝对无法被个人打开。王小山通过吸收不同意见，在和网友评论互动中获得了认同感。但是相反，和菜头在微博上的"防傻设计"走的却是另外一个极端，他是通过不顾掉粉的风险回骂粉丝来达到让对方偃旗息鼓的目的的。和菜头在网络上以观点独特犀利著称，不以粉丝的情绪为导向，相反，他一直通过发表犀利到很多人难以接受的观点来"刷粉"，去掉大量初级粉丝，他的观点就能够被剩下的"铁粉"所容忍、接受和传播。王小山和和菜头在"防傻设计"上的不同做法，成本不同，但是都达到了让自己观点被清晰表达的目的。

在我们的生活和工作中，经常会遇到观点不一致的情况，如果我们希望自己的观点得到认同，行动计划得到伸张和普及，那么就必须事先做好"防傻设计"。在我们的周围，尽管说物以类聚、人以群分，人生经历和知识结构大致相同，但即便如此，你也很难保证每一个人都能够保持在稳定的智识水准。也就是说，你在提出一个新的观点一个新的行动计划时，就要承担不可以预料的后果，这些后果的制造者，有的可能是"真傻"，有的可能只是"暂时性地傻"，为了让这些"傻"不至于危害你的观点和行动计划，制定"防傻设计"就是必需的。选择和这些不同意见水乳交融还是水火不容，完全取决于你的智慧、胆识和具体情形。但无论如何，寄希望于每个人随时随地都能够充分理解你并和你良好协作，那是不切实际的。

历史和现实已经或正在证明这一点，因为反对你的人可能比吃人的老虎还要凶猛呢！

先放鸡蛋还是先放西红柿，这是个问题

网络上的争论，但凡经历过校园BBS时代的人，大概都不会真的放在心上。大学时舍友夜谈，有评论不合心意时，跳下床去，搏斗一番，总会有个输赢。而网络上的东西，即便你眼前有千只神兽飘过，却不知从何说起，又不知骂给谁听，茫茫然不知所终。

所以，"做鸡蛋西红柿，是先放鸡蛋还是先放西红柿"这个话题引起的争论，赢家注定只有一个，那就是广告视频的背后推手招商银行。从广告行为上讲，这个视频既没伤天害理，又不曾污染视听，很难说就是不合理的。评论口诛笔伐的是这位留学生不应该有这样"妈宝"的行为，舆论甚至上升到"不仁不孝"的高度。但试问一下，假使你真的有这样一个孩子，独自一人在外留学，又恰巧深更半夜打这样的电话过来，你难道会拒绝，因此又断了他的财路，直至让他灰溜溜地回国来？我想应该不会。

但并不是说，我就认为这件事情没有任何可以批评之处，相反，这件事情的不妥之处显而易见。只是广大的批评者犯了只见树木不见森林的错误。

何为树木？这位"妈宝"孩子的行为以及幕后的推手招行就是立在我们眼前的长歪了的树木。树木长歪也许无心，也许有意。有意栽一棵歪脖子树，假装要上吊，引来一众吃瓜群众的品评，或同情，或愤怒，这至多让人觉得被愚弄。这样的树木，既是有意为之，便无砍伐的必要；一旦没了围观的热情，歪脖子树也就失去了存在的价值，幕后的操盘手自然就觉得没有保留它的必要。

可怕的是就连栽这棵树的人也都是一本正经的，即便是树都已经歪倒，看到围观的群众群情激愤却还自以为得计，那就是真正的愚不可及。现在我们都已经知道，这幅广告的背后推手是招行，是商业银行中的佼佼者，素来以拥有较多精英层用户著称。如果这样的广告主，以为他的用户会拥有这样的价值观，那么这件事才是真正可怕的事情。

我承认文人相轻的事情的确存在，但请不要因此而误解我下面的观点：我之所以反对招行的这幅"鸡蛋西红柿"广告，是因为我反对以刘墉和蒋勋为首的代表们宣扬的一种伪"中国文化"和伪"美学"。

这两者看似是如此风马牛不相及，但在我看来，实在是同一件事情。

20世纪90年代的书摊上，最流行的书目，除了是卡耐基的成功学，就是刘墉的心灵鸡汤。那个时代，大家都在争上游，都在开放思想，因此就让刘墉这样的"情感贩子"钻了空子。以我的阅读体验，刘墉们的特征，就是永远饱含深情，但永远似是而非。他们从不讨论大是大非，却在小事情上惺惺作态。及至今日，刘墉们老去，20世纪90年代的那一批读者也渐渐长成了"油腻的"中年人，简单浅薄的小儿女之态已经很难激起大家的热情。在这样的环境下，蒋勋式的美学又开始大行其道（恕我直言，木心以我看来，也属此类）。蒋勋式的美学特征在刘墉们的两大特点以外，还加上了更加精美的包装，直戳我们"油腻"中年人的内心。

刘墉或蒋勋式的语境之下，我们才会经常看到这样的句子：

> 世界那么大，我想去看看。
> 生活不止眼前的苟且，还有诗和远方。
> 春风十里不如你。
> ……

刘墉和蒋勋们伪"中国文化"、伪"美学"所带来的直接后果，就是作为激素，催化了"情怀文化"。情怀文化最大的特点，就是制造语境，然后在它既定的语境里肆无忌惮地营销它赢弱的思想、情感，以及货物。冯巩在小品里说朱军主持《艺术人生》节目有四招：套近乎、忆童年、拿照片、把琴弹。"情怀文化"推手们所拥有的招数并未超过这四招的范围，只是手段更加高明了，刘墉们只是炖炖心灵鸡汤，而蒋勋们已经开始谈《红楼梦》了。

我这样讲是冒着极大的风险的。看不懂的自然说我文人相轻，满嘴酸葡萄；看懂了的以为我在骂人，而且骂的是他们当下的偶像，大抵要如丧考妣，有的甚至要打上门来。其中有好些是我的好朋友，曾经热心地向我推荐过刘墉或者蒋勋的书，我对于这样的热心，其实心里仍是感激不尽，始终相信这些推荐是发自内心并饱含友谊的。我之所以这样想，一半是因为害怕失去友谊，一半只是因为无能为力——我是没有勇气和能力像鲁迅先生一样"呐喊"的。

所以我对于招行广告这样的事情，先是讶异并且愤怒，后来便只剩讶异了。等到我看到网上群情激愤口诛笔伐的时候，内心竟然开始充满希望——也并不是每一个人都接受这种低劣的"情怀"嘛！仍旧是明眼人居多。所以，再想到要继续讨论"先放西红柿还是先放鸡蛋"这个问题，便觉得已经不是什么问题了。

如何度过一个愉快的暑假

　　下班回到家，看见两个小家伙东一个西一个，懒洋洋地窝在沙发里，开着空调看动画片。小的对我说，爸爸，暑假好无聊啊，不好玩。

　　这才刚刚是暑假的第三天呢！居然已经无聊成这个样子了？

　　这些在城市里生活的孩子好可怜。炎热的夏天，街道上像火烤一样，除了待在空调房间，哪里也去不了。即便是小区树荫底下，那一簇阴影太小了，仅仅能遮住脑袋，一样炎热难挨。我小时候的暑假也很漫长，但是可以在巨大的柳树下纳凉，还可以到清凉的河水中抓鱼，一点也不觉得热。那时候的西瓜不需要冰镇，放在凉水里泡半个小时就好了，吃起来甘甜可口。

　　我曾经的暑假是这样度过的。早上在蒙眬中被父亲揪起来，塞给我一根竹条，半梦半醒间赶着牛儿上山吃草，太阳还没升起，空气清凉，令人愉悦。牛儿在不远处啃食青草，青草清新的香味被微风吹过来，牛的尾巴不时左右扫动，驱赶着蚊蝇，这一切安静而又祥和，令人不由得沉沉睡去。不知过了多久，太阳渐高，我被耀眼的阳光照醒，脖子上热出一圈汗，抬身起来，牛儿并未跑远，此时山下炊烟四起，是时候回家吃早饭了。

上午则可以躲在屋檐下的阴影里看好几个小时的书。看着阴影的边缘一步步逼近，渐渐感到热起来，于是跑进屋里，咕咚咕咚喝下一大搪瓷杯早已凉好的茶。金庸的小说，四大名著等，都是在那时候看完的，一边看一边盼着太阳不要走得这么快，好让我在阴凉的屋檐下多待一会儿。

中午最热的时候是全家人固定的午休时间。我霸占了家里唯一的竹席，嫌热连枕头也不要，头发不时夹到竹缝里，只能小心翼翼转动头调整睡姿才不至于被夹住痛得龇牙咧嘴。穿堂风吹起来很凉爽，电风扇都不用开了，只用一把蒲扇赶一赶蚊蝇就可以了。睡着了，蒲扇随手遮在肚皮上。有时候一个盹打完，父亲在隔壁还是鼾声如雷，我就会蹑手蹑脚跑出去玩。离村子不远的河堤上是一个好去处，那里有巨大的柳树，柳树下河水湍湍，在柳树的阴影里，坐在最低的枝丫上，任由双脚在河水里泡着，真是透心地凉爽。河水不深，清可见底，有着淡青色脊背的小鱼自在地游来游去。勇敢的小伙伴会跑到较深的地方去游泳，我水性不佳，只好在浅的地方玩水，追赶清晰可见仿佛触手可及的鱼虾。

有时候我住在姑妈家，和表哥一起玩。表哥是抓鱼能手，抓鱼的方法很多，他最擅长的是用渔网捕鱼。在水比较深而又不十分湍急的地方，拦河撒下渔网，两头在河岸上固定好，然后回家安心地睡午觉。我俩谁先睡醒就会喊醒对方，然后心急如焚地赶到河边去。表哥在齐腰深的河水里收网，一边收一边把渔网上套住的鱼取下来扔给在岸边手提鱼篓的我。有时候碰到一条大的鱼，表哥兴奋地连着渔网举起来给我看，鱼儿还在挣扎，鱼鳞在阳光下闪着浅蓝色的光。表哥是我在很长时期内的一个玩伴，印象中我一直欺负他，他只是不停地憨厚地笑。他比我大不了几岁，但很乐意让着我，带着我漫山遍野地跑，或者避开大人长时间泡在清凉的河水里。

晚上，夏天的晚上简直是一天里最惬意的时刻。我们早早吃过晚饭（晚饭通常是喝可口的凉好的绿豆粥），在场院上不停地泼上清水，好让地面的热气快快散发出去。那时候夕阳已经下山，天气还没有凉下来，我们便早早地把自家的竹席搬到场院去。我们在还温热的地上相互追逐，直到看见自家的大人拎着椅子过来纳凉。夏夜纳凉是最盛大的活动，邻居们一个不落，散坐在场院里，三五成群一起攀谈。夏夜纳凉会是大人们的主场，上至国家大事，下至家长里短，或出谋划策，或臧否人物，在小孩子听来仿佛是很遥远的事情。我躺在竹席上，母亲有一下没一下地为我扇着蒲扇，她低着头打着瞌睡，有时候突然惊醒了，就会对着我猛扇一气，可过不了一会儿我也和她一样蒙蒙眬眬睡去了。不知过了多久被父亲叫醒，夜已经很深了，他扛着竹席走在前面，母亲牵着睡眼蒙眬的我跟在父亲后面回家。这时候天凉如水，头顶上的夜空星河灿烂，四周漆黑一片，只有草丛里虫子的鸣叫此起彼伏。

那样的暑假总是在不经意间很快就过去一大半了，而暑假作业却总是忘了开始写，直到开学前几天才想起来，令人心烦意乱。暑假的最后几天，再也没有了之前几十天里的闲适，终日闭门不出抓紧赶作业，一两个别有居心的小伙伴会登门造访，美其名曰和我一起做作业，其实是我一边写他们一边抄。一个人写作业太无聊，来一两个抄作业的小伙伴，人家还帮忙端茶倒水切西瓜，实则是一件令宾主双方都倍觉愉悦的事情。

我很怀念那样的暑假。甚至可以说，很多重要的知识和常识都是在暑假这样漫长而无聊的时期学到的。比如感知大地的温度，感受清风和流水，观察天空的变幻，洞察人情冷暖，这些都是在不知不觉中发生的，而这一切常识，难道不是一个儿童或少年原本就应该及早知道的事情吗？

小家伙们偷偷说，她们无聊到想要立马回到学校去。我问她们为什么，她们也不知道，因为就是觉得无聊。我很想帮助她们学会如何度过一个愉快的暑假，但是话到嘴边又咽下，只好讲述一遍自己曾经经历的童年暑假。我知道这对于她们来说也很无聊，不过这已经是我能给她们分享的最宝贵的经历了。

怀念暑假！

我们一起喝可乐

我十分羡慕这样一类人，他们在做任何决定的时候都能有一个明确的理由，仿佛时刻都处在一个非黑即白的世界里，丝毫不会错乱。而我不同，工作与生活始终五彩缤纷，并不是说多么精彩，而是指工作和生活总是多少有些杂乱无章、头绪繁多。遇到重大的决定，哪怕是借助纸和笔来帮忙梳理利害得失，憋上半天，也无法恰如其分地勾勒出关系来，到头来只剩下脑仁生痛而仍旧不得其解。

做决定或者解决要害问题我通常依靠别人的建议。事情繁杂的时候，我总会拜访一两位知己好友，或者喝茶，或者小酌，并不急于谈事情，而只是不咸不淡地谈些近况，慢慢就多少有了一些灵感。之所以如此，是因为我总觉得，很多事情在你自己眼里十万火急，而在于别人却未必，所以急吼吼直奔主题寻求答案终非正道。况且子非鱼，很多事情，对方缺失了具体的氛围与感受，情急之下帮你做出来的判断恐怕会谬以千里的。

这样的方式看起来不是那么实在的，因为我不能保证自己一时浮现到脑海里的灵感是否真的就是正确答案，搞不好到头来走的是唯心主义路线：自己感觉挺好，却于事无补。以我这样的年龄和阅历，遇事无法完全超然物外，很难做到外圆内方中正平和，而且我的性格如果要归类，大概会是感性的那一类。感性的人与唯心主义是一墙之隔，加上耳根子又软，要做到凡事理性、客观，那简直是不可能的。

正因为如此，对于我来说，做决定往往令我十分痛苦。往往头天夜里刚刚下定一个决心，早上醒来，想一想又推翻重来；受了委屈，决心要狠狠地反击对方，及至见了面忽然又心软了下来。这一点，和我的朋友M先生完全不同。遇到同样一件事情，我的朋友M先生总是能够在五秒钟内给出答案，而我却要反复推敲很久，就像是在考场上，总要拖到交卷前最后一秒钟才胡乱填上一个答案，这样的方式，曾经被我的一位导师戏称为"长考出昏招"。具体的例子呢，比如在一个新的地方，开车到达一个路口茫然不知所措，坐在副驾驶座上的M先生凭着本能会建议我右转，而我则会犹豫不决，慌乱之间直行闯了红灯。

M先生是理性派。我和他做朋友应该说是十分偶然的事情，大概一个感性的人身边总是需要一些理性的朋友，时常给些建议才行，而M先生从不让我失望，哪怕是再小的事情都能帮我提纲挈领纲举目张。比如说我打算到便利店买个饮料，面对冰柜里琳琅满目五颜六色的饮料，我总是有些举棋不定。M先生则不同，他虽然每次都可能会有不同的选择，但每次都能给出一个精彩的理由。比如选择了可乐，是因为新出的小瓶装设计可爱；又比如选择了酸奶，则是因为饭后需要加强消化；又一次选择了乌龙茶，那是因为他决定要减肥——每一次我都暗暗佩服他不仅能够找到适合自己的饮料，还能为这一次选择说出一个令人信服的理由，虽然理由每次都不同，但都能让人深信不疑。

我还有一位理性派朋友P先生。他的理性和M先生的未雨绸缪略有不同，主要体现在善于做事后的解释和总结。比如去年上半年股市很红火，吃饭的时候大家都会谈论股票，我对于投资股票是茫然的，是盈是亏完全靠天吃饭。而P先生不同，P先生看得懂K线，也深知宏观经济的各项指标，他能够很合理地为每一只股票的走势做出听起来十分专业的解释，因此，P先生成为饭桌上的股神，有问必答。

说实在的，虽然嘴上从来没有表白过，我心里还是多少有些羡慕M先生和P先生的。在生活中，M先生和P先生总是能够淡然地看待各种滋味，酸甜苦辣，每一样都很自然，每件事都能做到八面玲珑。而我总在纠结，仿佛一直在进退维谷的境地。好在M先生和P先生愿意帮助我，不抛弃不放弃，在关键的时刻总能指点一二，所以每次都能渡过难关。

即便如此，我也不能轻易地原谅自己，聚散总有时，有些路还得自己走，作为感性的人，找到一把理性的钥匙总是没有错的。因此我跑去请教另外一位朋友V先生，他看起来总是信心满满的样子。V先生听到我的问题，推了推眼镜，说："呃——"

我很担心他不置可否，但看起来他还是很重视我提的这个问题，只是不知道该如何表述。稍作停顿，V先生说："其实纠结与否根本就不是一个问题，事实上你也无法改变它，有些东西是天生的。"我问："那么哪一种会比较成功呢？"V先生说："如果从统计学的意义上讲，估计大体相当。"

我有些悻悻然，我只是想要一个肯定的答案没想到也这么困难。我决定自己来展开分析。

就饮料选择的问题，假设M先生很快就决定这次要喝可乐，他从这次选择中得到了两个快感：第一，小瓶可乐的独特设计让他可以显示自己的品位；第二，喝可乐这件事本身带给他的快乐。

而我的选择是从酸奶开始的，我想了想放弃了，因为刚吃完饭还有些饱不想这么快就吃奶制品。第二方案我选择了相对清爽的维生素饮料，但是量太大喝不下那么多甜味的东西。最后我根据M先生的建议选择了和他一模一样的小瓶可乐。我发现，即便是纠结如我或爽快如M先生，最终的选择其实是一样的，殊途同归。我的快感则有些不同：第一，和他一样，喝可乐这件事本身也带给我的快乐；第二，因为听从了理性朋友的建议做出了和他一样的选择，我感觉和他之间有了一次共同体验，信任和友谊得到了一点点加强。

　　我和M先生从同样一件事情中获得感受的区别是，他通过这件事情继续肯定了自己，而我则巩固了与他人之间的关系纽带。可以说，无论是作为理性的M先生还是作为感性的我自己，都可谓得偿所愿，获得了符合我们自身价值观的东西。只不过理性的人得到了结果，而感性的人沉迷于过程，但是殊途同归，最后我们终于一起在阳光灿烂的午后一边散步一边心安理得地喝着可乐。

　　人生当然不会如同喝可乐这么简单，可也不一定更复杂吧。

明月几时有

中秋节真是一个神奇的节日，它能让忙碌的中国人一起安静地坐下来，安安心心地仰望一眼苍穹之上的月亮。现在大概没有多少人能够经常从繁忙的工作中抬起头来看一看星空了，上一次仰望星空是在什么时候呢？我记得小时候夏夜乘凉的时候，最爱干的事情就是躺在竹席上面对璀璨的星河，试着一颗一颗地数星星，或者试着将几颗星星连成各种形状。那时候我经常将头顶最亮的一颗星星想象成是在宇宙中的另一个自己，每次抬头看见它是那么的璀璨不凡，内心就会暗暗地一阵激动。我想象自己飞向夜空，飞向属于自己的那颗星星，可是夜空好高好远啊，渐渐地我仿佛置身在旷远的高空，俯瞰地球，躺在竹席上那个我越来越小，地球上我的家越来越小，我感受到无边的寂寞、空旷和无助——于是我就不知不觉地滑入了梦乡。

今天的我们已经能够通过"天宫玉兔"看见月球的表面了。那里并没有吴刚和桂花树，而只是满地尘埃和无垠的空旷。美国的商业狂人马斯克计划不久就要将普通人送往太空，据说报名参加的巨贾名流已经排出去两公里远了。再看我们站立在脚下的星球，互联网将整个地球变成了一个拥挤的村庄，扎克伯格在村子那头，而我们在这头，隔着不大的村子鸡犬相闻。中国的"先知"们急急忙忙地从硅谷和华尔街搬回来各种想法和重大课题，用车载斗量的人民币将之灌溉成璀璨的希望之树。社交媒体已经取代了报纸，成为我们日常了解这个世界的窗口，高速网络每天帮助人们创造无法及时消化吸收的巨量信息，它让我们眼中的世界变得如此炫目和迷离，让我们身处一片嘈杂之中，甚至必须要通过定期休假，强迫自己与世隔绝才能让自己暂时沉静下来。

我们难道真的已经是无所不知了吗？恐怕不是。

当我们将目光偶然从一片狼藉的脚下移向夜空时，发觉儿时看见过的灿烂的星河已经不见了，只有几颗星星，孤零零地穿过厚厚的雾霾射下一点暗弱的光来。但其实星星们并没有消失，因为我曾经在新西兰和我国新疆的夜空遇见过那多到令人窒息的闪亮的星星，它们在夜空中汇聚成河，如此密集，甚至很难将它们分解成一个个独立的星座——俨然是故人曾经咏叹过的"星汉灿烂"！请让我们的思绪暂时脱离脚下的这颗星球，让思绪慢慢地飞出去，让我们置身那片灿烂的星河，我们再回望这颗嘈杂的地球，地球原来如此之小，简直暗淡无光。在无边的宇宙里，它显得如此渺小，只在太阳系里扮演一个需要被"照顾"的角色。太阳系如此，银河系呢？银河系之外的宇宙呢？恐怕以我们现在微薄的科学知识，都很难将一个没有边界的宇宙描述得很清楚，就像我们暂时还无法描述清楚"没有边界"这件事情本身一样。

在时间尺度上我们文明的建设和破坏同时都存在着。我们今天拥有的计算机和互联网带给我们的自信，几乎和刚刚掌握印刷术时拥有的自信是一样的，让我们觉得自己无所不能：一本书承载的信息比好几架牛车拉的竹简的信息都要多得多，互联网网页上十分钟之内发布的消息比费时费力才能印刷完送到读者手上的报纸的信息量要大得多。我们陶醉于这种巨大的满足感，但偶尔会突然惊醒，今天的诗歌作品相比千年之前的古诗进步在什么地方？好像没有，传播方式的进步并不意味着我们的想象力也取得了同样的进步。亿万年前的恐龙呢？作为这个星球彼时的宠儿，是否也曾经拥有同样的优越感？

是的，我们拥有的科学技术的确可以让我们感到自信。如果今天的科学能够让我们自信到以至于自负，我们就应该原谅那些烧死布鲁诺的那些"地心说"的拥护者；如果今天的科学让我们自信到以至于自负，我们就应该在第一时间扼杀爱因斯坦和他的相对论——因为速度达到光速之后，"牛顿定律"作为曾经的宇宙真理就统统失效了。事实上，我们应该发现了，当我们拥有了越来越强大的科学技术，我们面对的未知和不确定却越来越多，越来越让我们感到无知和渺小。所以很多所谓的"宇宙真理"其实只是基于今天相对稳定的假设，得出一些总结和规律，这些总结和规律随时可能会被打破，但好处是可以让我们得到暂时的自信和安宁。

刘慈欣的小说《三体》的大结局告诉我们，在太阳系被毁灭的时候，人类决定需要保留的只有刻在石头上的文字和几张字画而已。当然这只是一位科幻作家的隐喻，我们既无法肯定也无法否定未来是否真的会如此，这个隐喻只是从某个角度提醒我们，人类最值得珍视的大概是些什么东西。太阳系中围绕太阳稳定运转的八大行星是否会一直如此稳定？宇宙中有多少正在扇动翅膀的"蝴蝶"，它们积蓄的力量是否终将到达可以导致石破天惊的一个临界点？这些问题，以我们目前的知识看起来真的是杞人忧天，因为每个人的生命长度只有不到一个世纪，我们每个人不过是这个宇宙间微不足道的一粒尘埃。亿万尘埃组成的东西，从宇宙的尺度来看，恐怕也不过是一粒更大的尘埃而已，可以被认可、被珍视的东西真的是微乎其微。

回到尘埃的尺度来看看吧。我在生活中尤其钦佩一类人，他们对未来既不充满自信，也从不妄自菲薄。因为他们既知道自己没那么重要，但又知道生活还在围绕着他继续着。他们关心脚下的地球，也偶尔仰望星空，他们在百年之后也会变成一抔黄土，但他们更多的是选择在当下不紧不慢地活着，一步步解决一个又一个具体问题。他们这样坚定的态度，常常让我们暂时忘记思考许多重大的问题：世界上某个角落正在进行的战争，明天进办公室之后亟待解决的令人头疼不已的问题。总之，他们让人意识到，我们自己真的很重要，但又没有那么重要。

就像是在中秋节，我们可能因为下雨看不见月亮而十分沮丧，但又要坚定地相信月亮只不过是隐藏在厚厚的雨云之后。明月几时有，千里共婵娟，我们丝毫不用担心，因为在地球上总有一个角落的人们可以看见它仍然完好无损地挂在天空之上。我的意思是说，对待生活，比较有建设性的想法是，我们在宇宙的尺度上不要那么盲目自信，要继续忧心忡忡，时时需要仰望星空感受一丝寂寥；但在作为一粒尘埃的尺度上，我们最好保持坦然的态度，保持着矜持的希望，等待着月亮在明晚再次升起。唯其如此，我们才可以度过快乐而又充实的一生。

毕竟，我们脚下的土地只是一颗孤独的星球，而我们自己，不过是宇宙间的一粒尘埃。

光头强的世界你不懂

曾经有一段时间很迷恋所谓"中生代"作家的小说，有个性，性感刺激。可是很快就又开始厌倦，碰到谁谈起冯唐，那种嫌弃而又说不清楚的感觉，活脱脱像个怨妇，最终难免脱口而出而令对方厌弃。事后我自己揣度，说不定对方会觉得，你也是个外企的，也是个业余写作的，可是人家比你红十万八千里，大概心里怨恨又力有未逮，才变成了这样的祥林嫂。

这很符合现如今大家思考问题的方式，以前说"肉食者鄙"，可如今只有所谓的成功者才能拥有话语权。微博上只有大V说的话才有道理，公众号也被是KOL（意见领袖）霸占了的，我们普通人则人微言轻。同样是花两个小时写一篇文章，我们阅读量过了100就会感激涕零，人家每篇都是10万+ ——还好10万是个坎儿，要是设置成一百万，指不定KOL每篇又是100万+，那就更加无从追赶了。

我实在不是因为心里不平衡才厌弃冯唐的，因为差距太大，就连"心里不平衡"都失去了最起码的基础——你想，我们有资格厌弃王思聪吗？相反，对于冯唐，我内心只可能是羡慕的——除了他的成功背后所代表的价值取向。冯唐曾经在某篇文章里说，《天下卵》是他的文字的最大极限，后来，又非常自得于自己的诗，尤其是那句"春风十里不如你"，按照他自己的说法，是极有可能流传千古的。这让我想起了罗胖（《罗辑思维》的那位罗胖，不是锤子手机的那位）在深圳做的跨年演讲时说过的那句话，"认知"会变成下一个最重要的战场。对于冯唐而言，他本以为他最重要的认知是"春风十里不如你"或者"大地变得挺骚"，这其实是一种错觉，他的"认知"，在我看来，是"跨界"，是一个商业和文艺成功"混搭"的案例。对于混搭，成功者得了便宜就好了，倘若一旦认真起来，以为自己无所不能，那就是噩梦的开始。我是在这个意义上厌弃冯唐的，和我所喜欢的他的"北京三部曲"没有任何关系，我一直很同意，这几部作品的确是在"冯唐金线"之上的。

厌弃"中生代"作家并非就厌弃中国文学。我在短暂的茫然之后，突然一口气阅读了所有我能找到的沈从文和张爱玲的作品，发现他们在中国文学疆域中曾经走到的地方，比"中生代"深远得多。如果换成今天，想象一下，张爱玲将是一个多么与众不同的"IP"，她及她作品中代表的生活态度将是多么与众不同的一个"认知"——在"红玫瑰与白玫瑰"这个犀利的境界面前，"春风十里不如你"那就是琼瑶式的呓语。从人性的角度而言，张爱玲不无嘲讽地戳破了中国男人心底一块隐秘的遮羞布，用的方式既文艺又接地气。

后来我又以同样的方式研究了一下村上春树的认知"小确幸"。不客气地说，这真是对村上春树最大的误读，确切地说，村上春树从来就不是"小资生活"的代言人，只是已经无从知道他何以得到了这样一枚标签。村上春树的作品，从《且听风吟》开始，一以贯之，就只有"反战、反暴力、反主流"这几个主题。如果说"小确幸"的概念只不过是村上春树作品的一个副产品的话，"反战、反暴力和反主流"才是他真正想表达的东西。他作品的主人公往往喜欢喝酒、听音乐、迷恋没有结果的性爱，这些都是"小而确定的幸福"，但正好衬托了主人公们在都市生活中离群索居、茕茕孑立的"非主流"身份。对村上春树的理解，其实可以上升到一个更高、更隐秘的层次。

文学的应有之义是反映时代、折射人性，是要有一些张爱玲、村上春树式的格局作为作品的底色的。人性总有善恶美丑，只有格局更高的人才能用一种平和、抽离的方式恰如其分地表达出来。而许许多多的狂欢式、缺乏独立人格的表达，只会加剧这个世界的嘈杂。

如果写到这里我要告诉你，我今天只不过打算写一篇关于《熊出没》这部动画片的评论，是不是觉得十分奇怪？在于我而言，我的理解也许有失偏颇，但绝对不是举起大棒打苍蝇之举。

于我而言，我对《熊出没》这部作品的所有技术问题毫无发言权。但作为一个写作者，我对《熊出没》作品中的语言和画面所体现出来的粗俗、暴力和撕裂的价值观感到十足的反感和不安。如果之前曾经长期霸屏的《喜羊羊》是一个伪善的世界观的表达的话，那么《熊出没》则在赤裸裸地将观众的认知拉回到原始社会，拉回到人类还在丛林里号叫的时代。

我所说的粗俗并不是指熊大熊二们三句话不离口的"俺"和导演故意强调的东北口语——东北话也并不代表就是粗俗的语言；我所说的暴力也并不是指光头强和熊们一言不合就开打；我所说的撕裂更不是指光头强居然渐渐和熊们成为相亲相爱的好邻居。我说的粗俗、暴力和撕裂，指的是充斥着观众耳目的势利、灰暗和畸形的对白和表演。而这些对白和表演的背后，是毫无营养的剧本创作，甚至是畸形的价值观。如果说动画片是孩子们最喜闻乐见的精神食粮，那么，从《熊出没》里，我看不见对社会规则的遵守，看不到对人性善良和丑恶的正常表述，甚至看不到对自然环境真正的爱护。这样的例子俯拾皆是，比如光头强的车子永远横冲直撞不走直线，比如为了对付光头强，熊大熊二可以"机智地"拔掉森林里"狩猎区"的标志，而让光头强误入其中以便被猎人们射杀……从中我既没有看到幽默，也没有看到智慧和勇气，有的只是短视的狡黠和弱肉强食。而这一切的背后，体现的是剧本创作人员羸弱且畸形的价值观。

也许这些创作人员会说，他们所做的一切只是现实社会的折射。创作者有没有义务需要宣扬正确的价值观，这大概是一个伪命题，因为"正确的价值观"很难被定义得清楚。但是，对于文艺创作人员来说，即使你无法创作出伟大的作品，像张爱玲、村上春树一样洞悉人性，水准在"冯唐金线"之上；甚至你还可以制造出一堆垃圾，垃圾因为显而易见可以被人及时辨别出来；但是你不应该给读者、观众提供那种不经意的思想的毒药。尤其是，光头强也好，熊大熊二也好，都是儿童世界里名副其实的大V或KOL，不谙世事的儿童每天耳濡目染，这样的形象被创作出来并且长期霸屏，对孩子们精神世界的污染恐怕比北京的雾霾还要来得猛烈吧？

好人永远胜利

　　小时候放学每次都要经过一条巷子，石板路，巷子两边住的是人家，门对门。因为门对门，邻里都喜欢在茶余饭后站在自家的门口，隔着巷子聊天。其中有一位老婆婆，家里有一台电视，那个时候电视还是很稀罕的物什，因此每天中午都会站在自家门口，跟邻居们更新昨晚的剧集，我们路过时往往也会停下来听上一段。老婆婆眉飞色舞，碗端在手里，饭也顾不上吃。她说，昨晚精彩极了，一个好人被一个坏人设计陷害，幸好另外一个好人跑过来帮忙，反过来设计把那个坏人制止了。那个坏人又叫了一群坏人过来，差点把那两个好人打死，幸好其他的好人赶过来，才把那群坏人打跑了，好人最后赢得了胜利。

　　当然，我的描述也许有点太苍白，老婆婆讲的远比我叙述的还要精彩，但是有一点我确信没有记错，那就是在她的叙述里，这部电视剧永远只有两种角色：好人和坏人。我是偶尔路过，感觉云山雾罩不知所以然，但看到周围的其他老头老婆婆听得如痴如醉，因此又不好扫兴问一下那几个好人与坏人都叫什么名字，有什么样的长相，但所幸至今都留下一个印象：好人赢得了胜利。

这一点想必总是对的。你看看历史书，讲故事的能力比老婆婆好不到哪里去，历史书上不也总是千篇一律地说好人最后赢得了胜利嘛！当然也许是我孤陋寡闻，说不定是这样一种情况：如果最后赢得胜利的并非好人，那么他至少已经拥有了改编故事的权力。你看看最后取得胜利的各朝的开国皇帝不都是一副好人的模样？有一年，微信上有一位好事之徒，把历史书上历代皇帝的头像剪贴到一起，我们才发现，我们费力记住的各朝各代的好皇帝以及坏皇帝，都长着几乎一模一样的面孔，除了换了名称和服饰，那张脸似乎从来没有变过。历史学家们真的太粗心了呀，考证文章里不是说朱元璋本是鞋拔子脸嘛，怎么一当上皇帝就雄姿英发了呢？莫非掌握了变脸的技巧？

在这样的语境里，后世研究三国故事的人，包括我自己，一直有一个天大的困惑。既然刘备血统纯正，为人如此仗义，手下的战将个个都是万人敌，谋士厉害到就连东风也能借得，为什么最后会输给白脸的曹操，就连唯一的宝贝儿子阿斗都要被人家关起来？好人怎么就没有赢得最后的胜利，反而是比曹操的脸还要白的司马氏取代曹家，居然还延绵了两百多年的国祚？如果从前那位老婆婆能够识字，突然读到这一节，岂不是要从棺材里蹦出来问个为什么了。

又者，诸葛亮在历史上的正面形象不容置疑，就连是和他近世的陈寿，本来手里也许有一些不一样的掌故，可笔下全然是为尊者讳；这一点到了罗贯中那里，更加是添油加醋，他不仅让诸葛在生前借得了东风、玩得了空城计，在死后还能退敌。以至于对于我们这些后世的人来说，诸葛亮不仅仅是人，而是已经登上了神坛，变成半人半神了。

我对此毫无异议，从不怀疑诸葛亮作为智慧和忠义的化身，我也相信没有多少人会对此有不同的看法。诸葛亮侍主以忠、治国以法、用兵以强，其形象和影响力早已超越了时空，成为一个不可磨灭的成功典型，让好人闻之雀跃，让坏人闻之脸红。

但是司马懿呢？作为诸葛亮后半生最大的敌人，他必须成为一个阴险、胆怯的反面典型记在了史书里，他在面对诸葛亮的进攻时所执行的坚守不出大打消耗战的战略至今还在被人耻笑，而并没有得到政治学、军事学上的认可。司马懿面临的困境就是，甫一出道就被曹操定性为"鹰视狼顾"，隐忍了一辈子，最后还是因为高平陵兵变，而被盖棺定论为篡逆者，"的确很阴险"。他的故事背后，几乎可以听到历史学家的狞笑：你看，我们说过的嘛。

中国史书的执笔者是掌握在最正统的儒生手里的，因此基本的逻辑就是：好人的胜利才是成功，坏人自然不配有真正的胜利，即便是胜利那也是侥幸偷来的。也正因为如此，司马懿的屯田养民自然不能反衬出诸葛亮穷兵黩武的不合理性，因为诸葛亮是为了匡扶大义，而司马懿则是狗苟蝇营；也正因为如此，司马懿帮助曹丕曹睿曹芳统一天下的文治武功只是助纣为虐，而诸葛亮铁腕治蜀则是"攻心""审势"，万古流芳，至今仍被雕刻在巨大的楼柱上供人瞻仰。而最正统的历史学家们不断地通过渲染"八王之乱""牛继马后"这样的故事来佐证理论上的正确性。

中国式的成功，必须走超凡入圣的路子，修齐治平才是正道。你看看王阳明，病恹恹了一辈子，晚景也并不优越，到今天却总是被拿出来供奉，和马云马化腾们的成功学一起，被摆放在机场书店最显眼的位置。其内在的缘故，并非他平定宁王之乱的军功，而是他的修齐之术。当世学者熊逸说，王阳明终其一生都在修心养性，巴不得要逃离功名利禄呢，怎么世人总要钻研他的成功之道，好借此升官发财呢？熊逸的书大部分道理都讲得很透彻，我看唯独这件事情例外。中国人崇拜一个人，嘴上说的是修身养性的成圣之道，脚下却很忠诚，直奔治平的成功学而去。既然好人才会赢得胜利，那么反过来说也自然是对的，成功的自然而然就应该是值得模仿和追随的好人。这两者之间是什么样的因果关系，历史书已经揣着明白装糊涂，我们芸芸众生就不要说三道四了吧！

这样写来我觉得扯得有点太远了。我所读的大学，有一栋实验楼，名曰"新建楼"。那栋楼的确是新建的，在我读书期间它就被粉刷翻新了很多次，但在一所奔着"世界一流大学"目标而去的大学，一栋重要的实验楼叫这样的名字，的确匪夷所思。直到我读了关于王阳明的书，才突然汗颜起来，原来这个名字别有深意，是用了王阳明的名号，倡导"格物致知"的精神。一栋实验楼，可不就是为了格物致知嘛！大学之大，非大楼之谓也，我的母校能为此楼起这样别有深意的名字，足可见为大学之大了。熙熙攘攘的毕业生走过路过，不知有几个人明白这个楼名背后的渊源呢，恐怕很多人也会像我曾经那样疑惑"新建楼"这样鄙薄的名字吧！

纪念中国式成功，可以看马云的演讲和他参加演出的小电影；纪念格物致知这样简单的本真道理，却要用隐晦的方式，以至于很容易就被忽略；纪念诸葛亮式的成功只需要有老婆婆讲故事的水准便已足够，而稍微探讨一下司马懿便是彻头彻尾的阴谋。我们水准似乎越来越接近那位讲故事的老婆婆了，比如说，银幕上的小兵张嘎也必须像杨子荣一样一脸正气看起来才舒服，而我们忽略了他其实只是一位少年；动画片里的光头强根本不配拥有一次光明正大的胜利，人们交给他的对手是两头正义的狗熊——好人才能成功，坏人自然不配拥有胜利。假若一个坏人不小心赢得了胜利又该如何？而对付一个成功的异类，方法其实很简单，证明他是一个坏人就行了，比如就像对付司马懿那样。

此法简单易行，没有副作用，是居家旅行必备的良品。你值得拥有。

我们都是时光里的路人

看电视剧或者小说，倘若是以时间作为主轴的话，剧终人散的时候总会一阵唏嘘，怅然不已。一个故事，开头总是懵懂的，发展总是令人紧张和关切的，到了高潮的时候，所有的谜底揭开，让人在兴奋之余总是伴着一阵绵长的惆怅。因为故事不是数学，一之后是二，三七总是二十一，故事因为作者的偏好，总会残缺不全，充满遗憾。

人生亦是如此。信命的人将神祇看作人生命运的写手。那么好吧，神祇总是在我们看不见的地方，高深莫测，变化无常，因此，我们根本不能期待它能写出一篇波澜不惊顺风顺水的好文章，俗话说鬼神莫测嘛。普通人的命运总是随着时间的河流随波逐流，有激流险滩，也有有风和日丽，但几乎不可能总是一帆风顺。

在我看过的电影里面，让我一直无法忘却的是一部并不起眼的香港电影《春田花花同学会》。故事的开头讲的是一群懵懂的幼儿园学生，他们天真烂漫，可爱而又幼稚。他们每一个人都对这个世界充满好奇心，他们经常问出一些愚蠢的问题（和你知道的麦兜一样）——看起来，他们的人生会是如此漫长而又充满希望，每一天都欣欣向荣。导演镜头一转，忽然间这些孩子长大成了成年人。他们有的成为衣着精致的OL，有的成为大腹便便而且刻薄的公司主管，更多的人失去了曾经鲜明的面孔，只是坐在电脑前空洞而又麻木地工作。幼儿园里的另一些小朋友呢，则长大成为劫匪，有一天他们袭击了那间充满麻木气氛的办公室，劫持了他们那些曾经的幼儿园同学，而赶过来解围的警察，则是他们另一群同学。劫匪同学头戴丝袜，人质同学和警察同学也已经长大成人面目全非，所以他们并不认识彼此。这场劫持大戏长时间地僵持着，沉闷而又无聊，看起来编剧快要编不下去了。最后居然是"便当"拯救了这个故事，到了该吃饭的时候，在饥饿面前，扮演劫匪的同学，扮演警察的同学，以及扮演人质的同学，都放下一切紧张和恐惧，开始吃便当。那狼吞虎咽的样子让他们变回了儿时的模样，这个时候他们不再是劫匪，不再是警察，也不再是人质，他们只是围坐在一起认真吃饭的小朋友。

电影剧终的时候，简直就是我人生中一次重要的"阳明时刻"——人生如戏，好吃不过便当。当然，我这是在开玩笑。外卖的便当大都是残羹冷炙，绝没有看起来那么好吃。我所感受到的震撼，是这群幼儿园小朋友，如何在时间的长河中漂流，最后变成那些不同的角色。举例来说，一位大腹便便刻薄小气的中年男人，他也曾经有那样无忧无虑的童年，他也曾经懵懂可爱，他也曾经细心地帮同桌的女同学削好铅笔，然而突然有一天，时间之轴突然扭曲，他"嗖"的一声就变成了眼前这位面目可憎的中年人。当然时间之轴通常并没有什么突然扭曲，而是很公正客观地向前平滑地推进，那么，到底是什么发生了扭曲呢？

或者换个角度提出问题：这些小朋友在这几十年里到底经历了一些什么呢？

在网络上看到这么一个视频（英国纪录片《人生七年》）很有意思。某一个组织，投入一笔钱，几十年坚持不懈地跟踪拍摄几个人的生活经历。这几个人作为标本，以他们的出身，被贴上贵族、中产阶级和平民的标签。随着拍摄的推进，我们看到那位出身贵族的小孩进入贵族学校读书，然后开始叛逆，甚至嗑药乱性，就在大家准备看到他的人生就此堕落下去的时候，突然那个孩子顿悟了，竟然从危险的边缘折回正确的轨道。他继承了父辈的财富，娶了门当户对的妻子，家族的生意继续蒸蒸日上——他依然是一个贵族。这个故事肯定是真实的，因为有眼见为实的视频为证；其他的故事也是真实的，因为也有眼见为实的视频为证——我们通常会相信视频胜过相信自己的眼睛。因此，跟踪拍摄者很容易就得出这样一个结论：龙生龙凤生凤，阶层几乎已经嵌入了基因里，很难轻易改变。

当然也有个别的漏网之鱼。其中一位叫作Nick的孩子，出生在平民家庭，最后却成为大学教授，完成了阶层的跳跃。问及他是如何做到的，他归功于自己小学时候的一位老师。有一天他所在的班级一起研究飞机模型，Nick迟到了，很担心被责备，老师看到他却并没有责怪，反而说："我们都知道你很擅长动手，你一定可以帮助我们。"在这样的鼓励之下，Nick变成了一个刻苦钻研的孩子，并对研究工作产生了强烈的兴趣，最终成为一名教授。

这真是一个励志的故事，比心灵鸡汤还要有营养。很多人看得热泪盈眶，感叹人生能够遇到一位好的老师是多么重要。而我却看得毛骨悚然，我时刻牢记我曾经是一名理工科学生，尊重科学：Nick遇到这样一位好老师的概率多大呢？如果非要把Nick一生的命运取决于"遇到一位好老师"这样一件可遇不可求的事情，那不正好论证了Nick人生命运的不可复制性吗？我的逻辑充满理工科学生的自信，也并非危言耸听，你甚至只需要拥有简单的人生经验就能够理解。

好吧，就连视频也不可信。那么我们就去文学作品中寻找可以值得相信的故事。好的文学作品通常不会去刻意地扭曲主人公们的人生时间轴。陈忠实的《白鹿原》里，鹿兆鹏、黑娃和白孝文都是光屁股一起长大的发小，其中有一场戏，白嘉轩在祠堂处罚几个赌博的族人，小孩们都想去看看热闹。黑娃路子广，带他们到一个可以偷看祠堂里面的地方。在白嘉轩用家法的时候，鹿兆鹏则一直在观察白嘉轩的行为逻辑，白孝文却在一旁吓得尿裤子了。这一场戏非常精彩，因为这一场戏的昭示，当几十年后黑娃变成了土匪、鹿兆鹏投身革命、白孝文庸庸碌碌时，我们丝毫没有感到突兀。这几个孩子的人生的时间轴清晰而又平滑。而出自同一部作品，《白鹿原》的两位主角白嘉轩和鹿子霖，一正一邪两位角色，斗了一辈子。有一天，年迈的白嘉轩在湿地看见穿着破烂痴傻疯癫的鹿子霖，正趴在地上找羊奶奶吃。鹿子霖把一颗鲜灵灵的羊奶奶递到他眼前："给你吃，你吃吧，咱俩好！"白嘉轩转过头，忍不住眼泪流了出来。我仿佛看见，在几十年前，还是孩童的二人，也曾一起玩耍嬉闹，相互喂食，他们无忧无虑。那时的他们还不曾背负振兴家族的重担，他们在这片白鹿原放肆地奔跑追逐……（此处一百字摘录李丑丑《鹿子霖可怜之人必有可恨之处》，原文描述尽得我心，一字不改摘录于此）

这样生动的人生经历的描写，让我们能够想些什么呢？恐怕只有剧中"一壶浊酒尽余欢，今宵别梦寒"这句歌词能够道出一二。

前日行走山路，我们下山，有上山的路人擦肩而过，问我们，前面还有多远？我们答道，快了快了。我们又问他们，前面还有多远，他们也笑答，不远不远。这些路人和我们擦肩而过，从此江湖路远，恐怕不会再见。这和人生何其相似，在人生的路途中，大家都是时光里的路人，他们所来自的地方，正好就是我们的去处。我们彼此人生的时间轴线偶尔相交，又倏尔远去。我们在自己的人生时间轴上前行，成长为未来的某一个人，扮演某一个角色。如果有人能从上帝视角俯视这一切，那真是一切都有来处，一切都有归宿。

如此说来似乎有些宿命论的悲观，我们对于时间好像无可奈何。前两日看到巴菲特的新闻，巴菲特说，作为一位八十几岁的老人，尽管大家都质疑喝太多可乐是否健康，但他觉得可乐很好喝，至今每天还要喝四五杯。在巴菲特看来，可乐是他生活中如今还能享受到的少有的几个乐趣之一，这位世界首富说，人还是要做几件自己喜欢的事情。

我深以为然。如您所知道的，我是一位忠实的可乐爱好者，而作为时光里的一位路人，我也坚定地认为，此时此刻，即是最好的时光。

祝您可口可乐！

缘起：这一切都是最好的时光

作者按：*这篇文章写于2015年7月，在第一本作品《此时此刻，即是最好的时光》出版后，是我对于自己写作动机的一次思考。*

2013年的4月，西宁的夜晚到来得格外迟。我们一行人在饭店用过晚饭，喝了一点酒，走出饭店门的时候，天还是亮堂堂的。记得当天中午下飞机的时候，满眼望去都是土黄色，视野很好，沿途几乎没有什么遮挡视线，这就是大西北。东道主带我们去了一家餐馆，跟电影里的"龙门客栈"似的，孤零零立在荒野里，四周都没有人家。这一切都让我们好奇。晚上没有什么安排，我们吃完饭就回到了酒店，从高高的房间窗户看出去，西宁尽在眼底，到处都是灰扑扑的颜色。这样的灰色让我突然想起了山东聊城的一个叫作陈庄的地方，在被拆迁之前，那里也是这样，都是水泥结构，平顶，四四方方的院子。

我在酒店的床上睡不着，脑海里总是显现出在陈庄时见过的小军的模样。实话说，我和小军接触只有几次而已，然而他突然就作为一个典型的文学形象盘桓在我的脑海里，挥之不去。我有些激动，跳下床打开电脑写下了《小军》这篇文章。中间甚至没有喝水，小军和陈庄的故事仿佛奔腾的溪水一样从脑海里流淌出来，流淌到指尖上。写完的时候，我才发现已经到凌晨了。关上电脑，内心有一种被什么东西充盈的感觉，想要和谁说点什么，但是没有倾听的人，只能喝了点水然后沉沉睡去。

这是我作为写作者第一次有这样的体验：内心聚集了一些东西，然后在某一天因为机缘巧合，流淌到指尖诉诸文字，胸中的块垒终于被文字的溪水洗刷干净，内心顿时一片清明。我很享受这个过程，它让我充实，让我欣喜，让我内心充满神圣的感觉。是的，写作于我而言是一件神圣的事情，以手写心，字由心生，写作就是把这些心声记录下来而已——这样的文字，远比说出来的那些言不由衷、似是而非的话来得可靠和真实。而且，通过写作，我重新回到从前的时光，重新回忆起每一个细节，重新感受彼时的温度，这是多美好的一个体验！

记得在去西宁的一个多月前，我出差到北京，在酒店的大堂里和久别重逢的同学相聚喝茶。那是一次非常愉快的谈话，和十五年前相比，我们都胖了许多，各自有了自己从事的行业和工作。我们用了半个小时尝试把这十五年间缺失的部分重建起来，然后发现其实彼此都是大同小异，我们的生活中每天都在发生几乎相似的事情。我们对很多事情都谈得头头是道，分享着彼此的经验，我们还对未来充满信心。聊天快要结束的时候，我漫不经心地提到，工作和生活这么忙，已经好久没有动笔写过东西了。我说这句话并没有其他什么意思，无非就是脑子里恰好赶上了这句话，有时候把自己的遗憾说出来仿佛就能得到一丝谅解，然后心里似乎就能好过许多，这其实就是我们放过自己的一种方式而已。坐在对面的同学却突然很坚定，说，为什么不尝试重新捡起来呢？既然生活如此平凡，做一件不一样的事情好像也没有什么坏处。我没有得到自己想要的答案，却给自己垒了一个台阶，这让我有些尴尬，只好讪笑着站起来送客。

但有些东西总是无法回避的，山转水转，转角就相遇了。人和事如此，对于自己内心的想法来说也是如此。脑海里的某些奇怪的念头，它们跟每天帮助我行进的手和脚一样，都是我最好的朋友。手脚喜欢做一些有规律的事情，帮助我过好每个平凡的日子。脑海里奇怪的念头呢，通常都在和日渐懒惰的自己进行博弈，经常劝说我做些不一样的事情。我无法回避脑海里涌起的某些念头，朋友的话无非一阵风，把沉积下来的念头吹得蠢蠢欲动。

好吧，我承认我在文学的疆域里多少有一些野心的。

我从2013年3月份开始就一直在思考我应该写什么样的东西，然后在4月份的一个深夜突然写了《小军》。那时候我已经有一个很伟大的计划，我取名为"社会横断面"系列：我希望使用自己最擅长的白描的方法来勾勒一些有典型意义的人和事，在一种几乎静止的状态下让读者看清楚我们身边乃至这个国家正在发生的转变。我想这应该是一件很有意义的事情。而"小军"这个形象非常适合。他是一位青年，他从事过很多不同的工作，他的家庭正在发生巨大的变化，这所有的一切恰好是对现在教育、阶层分化、城镇化这些重大问题的非常直观的一个折射。通过勾勒"小军"生活的变化就能让人感受到这些变化背后所发生的一切。

从西宁回来之后，我把文章发给周围几个人看了看。在陈庄生活过十几年的Angela说她被感动了，边看边掉眼泪。另外一个朋友说，这是一种手术刀式的解剖，落笔处都是细枝末节，但让人感受到的是社会的变迁。"小军"的原型小军打电话过来，我解读到他的感受，应该是觉得我写的既是他但又不只是他本身，我想我的目的应该达到了。我不禁有些得意，那时候写完文章的解脱感还在，借着这种感觉我发愿说，只要我还能写出几篇同样水准的文章，我所追求的文学理想就能够实现。

然而，从《小军》之后我再也找不到那样完美的写作原型，对社会的理解，仿佛在《小军》这一篇文章里就已经表达完了。

虽然后来我尝试写了《火车的故事》以及小说《一地鸡毛》来寻找新的故事原型，但是都不是很成功，《火车的故事》涉及的时间跨度太大，而《一地鸡毛》则显得过于自怨自艾，因此表现出来的东西缺乏张力。那段时间唯一的收获就是，有一天Angela下班回来，告诉我，她的一位同事看了《火车的故事》觉得特别好，推荐给她正在准备高考的儿子作为作文的范文。这事儿让我哭笑不得。

在无路可走的时候，阅读给了我想要的一切。这个世界赠予我们最好的礼物就是随处可见的名胜和书籍，而我们最好的继承方式就是旅行和阅读。

说说所谓的"中生代"作家吧。

冯唐，名气最大的必须是冯唐。冯唐原名张海鹏，医学专业背景，曾经做到麦肯锡全球合伙人，后来被一家著名国企聘为高管。这简直是一位文艺青年所能想到的最好的出路，职业和爱好两手抓，两手还都很硬。因为不是科班出身，所以冯唐的文字恣意汪洋，写出了很好看的"北京三部曲"。读冯唐最初的三部作品，能够深切地感受到青春痘是如何一步步长成，然后又如何一步步被挤破的。这样的过程充满意淫、幻想、痛楚、真切，故事并不复杂，但文字充满颗粒感。

非常值得一提的是李海鹏。我曾经在微博上推荐他的小说《晚来寂静》，我认为照这样写下去，又是一个茅盾文学奖。在写小说之前，李海鹏是一个非常有名的记者，同时还是一个非常有才气的专栏作家，他的杂文可以说在王小波之后独步天下，文字功底极深，起承转合之间如同在挥舞一把极锋利的大刀，所到之处迎刃而解。他结集出版的杂文集《佛祖在一号线》几乎可以当成小说看，充满着文字的乐趣。

再说说苗炜、路内和曹寇。这三个人的小说都有鲜明的个人风格。苗炜早年是边上班边写小说，因此小说的情节相对充实而且合乎逻辑。他的长处是描写人的"平行世界"，在故事行进的过程中把现实和理想作为两条主线铺展开来，时而冲突时而和谐，让现实的矛盾在理想的世界里得到解决。路内则不同，时时刻刻关注当下，他从不忽略任何一个细节，通过细节通过典型形象来折射现实是多么的残酷或者充满希望。曹寇年纪最轻，讲故事也是最单薄的一位，甚至故事的结构也是十分零散的，他最强大的地方是讲故事的方式，故事的铺陈往往是在不经意之间完成的，完全打破了直叙、倒叙、插叙这些传统文学套路。曹寇的这些特点，和另外一位女作家盛可以是异曲同工的，让人在读完他们的小说之后都有一种恍惚感。

我之所以愿意提到这些作家，是因为我觉得他们似乎可以成为我文学道路上的地标，地标的意义在于可以触及并且超越。

我曾经在不同的场合说过我很推崇王小波、路遥和史铁生。王小波对于大多数文艺青年来说，是一位真正意义上的文字启蒙者，在杂文这个领域将人们引领到很远的地方。路遥和史铁生呢？他们都成名于20世纪80年代到90年代那个文学的黄金时期，他们很少虚构，因为他们手里拥有的原型太丰富了，他们基于这些原型通过由内而外的反思，创作出充满人性光芒的作品。他们的文字温和平实，看似柔弱但是读来充满力量。我曾经多次很强烈地向他人推荐过《我与地坛》这篇文章，并且认为这一篇文章所传递出来的力量已经抵得过路遥那三部里的《平凡的世界》，我认为，一篇散文写到那个地步也就到头了。

还想说说毛姆，尤其是毛姆的短篇小说，篇篇都是精品。我之所以喜欢毛姆，同样是因为他笔下文字的平和。他几乎所有的短篇小说，在结构上一点也不取巧，故事几乎是平铺直叙，结尾的时候，作为读者的我们也觉得恰如其分。但就是这样平实的文字，时隔八九十年读来仍然让人手不释卷。毛姆不关注自己，也不关注某个谁，他只关注每一个个体身体里面代表的人性，让人性说话，让人性支撑故事的进行，让人性结束一个故事。他很少写异峰突起的文章，但是如果今天你随手翻开他的一篇短篇小说，很多段落都可以称之为精品。我知道最近几年马尔克斯和普鲁斯特非常火，但是我坚持认为毛姆是第一位真正意义上对我的写作有启发和帮助的外国作家。

那么，这么多的阅读——我几乎每周都要看两到三本书——对我最有启发和触动的是哪一本书呢？那是一本小书，很多人已经不看的一本小书，沈从文先生的《湘行散记》。

沈从文的笔法近乎自然流露，但是如果你看得更仔细些，你就会发现其实不是。《湘行散记》这本书好就好在它将沈从文的素材和最后的成文放在了一起。在前半部分，沈从文絮絮叨叨，描绘了他从北京出发去湖南一路的琐碎小事，事情小到什么程度呢？小到和妻子谈的家长里短，小到连钢笔的墨水快要用完了都要说一下。所有的素材、原型，都被沈从文絮絮叨叨装进了给妻子张兆和以及亲朋的信里。这是这本书很有意思的一方面。沈从文回京后，整理去湖南途中的见闻，整理出十二篇散文，发表在各大报纸上。这十二篇文章，比如《一个戴水獭皮帽子的朋友》，都是从很小的地方落笔，着眼于一个典型人物，用精致、平实、温和的笔法进行记叙和描写，行文风格自然、温润、朴拙，每一篇读下来都是入心之作。这是多么好的一本书，沈从文刀笔之下的原石和最后的成品都呈现在眼前，让人见识了什么叫作点石成金。而且，沈从文的文字让我感受到，其实中国文字之美，不在于取巧，而在于平实。如沈从文《湘行散记》十二篇者，下笔自然，温润满怀。

好的作品不是让你高山仰止，而是平易近人。我就是想要写这样的文字，做这样的文章。

沈从文《湘行散记》对于我的意义，大概相当于路遥在《早晨从中午开始》中提到的那只老鼠，它让路遥给《平凡的世界》开了一个好头。《湘行散记》让我终于知道该要从什么地方落笔。

我决定回到往日时光，从记忆里索取原材料。但凡爱好文学的人都知道，这是一个屡试不爽的方法。前面提到的冯唐，成名之作"北京三部曲"也是从北京杨柳青和医学院开始写起的。再比如王朔，他刚开始写作时也是从北京的街头和院子出发的。只有从熟悉的地方出发，写出来的文字才会饱满，充满情意。

这样的方法，落笔之后形成了《老五》和《祖母的银圆》那样的文字。说实话，我很喜欢这几篇，每一篇写完之后我都有一种解脱感，仿佛是和过去的某些人某些事做了一次告别。写《老五》的时候，我仿佛能够听到故乡老家院子后面的竹林被风吹动的声音。写《祖母的银圆》的时候，幼年时留下来的模模糊糊的记忆突然变得清晰了很多，还能感受到许多次一路小跑到祖母家时那种轻快的心情。写这些文章，完完全全变成了是给彼时的自己的一个交代。后来在微信朋友圈，就有许多朋友开始主动要求我写一些特别的话题，比如描写大学生活的《北区散记》的七篇文章，就是应大学同学的要求写出来的，每周一篇，一边看同学的点评一边继续写。

这是十分充实快乐的时光，一边写一边看到可写的东西成片成片的浮现出来，直到第二年清明节的时候我写出了《清明》这篇文章。

《清明》是我采用腹稿的方式写出来的。当时因为家事，一直很忙，但是这篇文章的内容一直在脑海里盘桓，这一点和《小军》的情况很像。在开车从老家返回上海的路上，我基本上完整地构思了这篇文章，回到上海之后一气呵成把它落笔成文。《清明》的写作手法是我自我突破的一个产物，整篇文章采用的是写实的白描手法，不增加一字一句的带有感情色彩的评价，然而通篇读下来会让人产生强烈的情感。我曾经说过想写一个"社会横断面"系列，起源就在于感受到了某种程度上的社会秩序的崩塌和重建，而《清明》写的就是农村秩序的崩塌以及它带给人们的痛感。这种痛感只有身处其中的人才能体会，而《清明》中的"我"则作为一位旁观者，耳闻目睹了这一切。这是我想要的文学形式，这也是我想要达到的文学效果。

如果问我是何时真正把自己看成是一位文学创作者而不仅仅是一位文学爱好者的，那么应该就是从《清明》这篇文章开始的。

两年时间写了将近200篇诗文，我惊讶于自己竟然不知不觉地写了这么多。我的一位在基金公司工作的朋友曾和我说过，时间是创造财富的唯一源泉。这句话一点没错，时间真的能够为我们带来意料之外的收获。

作为一位写作者，我并不能做到目不窥园地进行创作。我所创作的作品原本就是来自生活，它们是我所存在的生活状态的折射，因此我必须更加真实地生活才能保证它不会枯竭。这是我的创作观，在这件事情上，我宁愿相信从土地里长出来的参天大树，而不是看起来很美的无根的浮萍。比如作诗，我宁愿读"白日依山尽，黄河入海流"这样孺子都能读得懂的文字，而不愿意看满纸兰香竹韵的生涩之词。

我十分珍视和感谢那些经常上网看我博客的朋友。他们在微信朋友圈或者博客里的评论和鼓励是我坚持写下去的动力，这些评论让我感到平淡的日子有了些许的光芒，照耀我继续前进。这些朋友的评论也直接催生了《此时此刻，即是最好的时光》这本书，到了2014年下半年的时候，很多朋友不停地催促我结集出版，到最后让我本人也认真考虑了起来。

我很感谢一位不愿意透露名字的老哥，尽管他从不在我的文章下面评论，但是他每一篇都会看，最后直接把我引见给他的同学，一位资深出版人。2014年12月，老哥又和我专程飞往成都，敲定《此时此刻，即是最好的时光》的出版事宜，简直比作为作者的我还要用心。在此，我衷心感谢他！

这本书是从200多篇诗文里挑选出来的，根据吴鸿社长以及邓永勤老师的意见，选择了主线相对比较统一的文章，做了精心的设计和排版，这些都让我对他们出版工作的专业钦佩不已。《此时此刻，即是最好的时光》终于出版了，这件事情对于我而言至今充满新鲜感，文章变成铅字变成一本厚重的书的确是让人新奇和兴奋的，我毫不讳言这一点。我也希望我的朋友们同样喜欢它。

那么，下一本书呢？也许是一本小说集，也许还是一本随笔集，谁知道呢？心之所至，兴之所至，再写下去吧，只要能够继续温暖人心、滋润人心就好！

2015.7.26,上海

将进酒

唐　李白

君不见黄河之水天上来，奔流到海不复回。

君不见高堂明镜悲白发，朝如青丝暮成雪。

人生得意须尽欢，莫使金樽空对月。

天生我材必有用，千金散尽还复来。

烹羊宰牛且为乐，会须一饮三百杯。

岑夫子，丹丘生，将进酒，君莫停。

与君歌一曲，请君为我侧耳听。

钟鼓馔玉不足贵，但愿长醉不愿醒。

古来圣贤皆寂寞，惟有饮者留其名。

陈王昔时宴平乐，斗酒十千恣欢谑。

主人何为言少钱，径须沽取对君酌。

五花马，千金裘，

呼儿将出换美酒，与尔同销万古愁。